TIAGO DE MELO ANDRADE

3x
AMAZÔNIA

ILUSTRAÇÕES ROGÉRIO COELHO

Copyright © 2005 do texto: Tiago de Melo Andrade
Copyright © 2005 das ilustrações: Rogério Coelho
Copyright © 2005 da edição: Editora DCL

DIRETOR EDITORIAL	Raul Maia Junior
EDITORA EXECUTIVA	Otacília de Freitas
EDITOR DE LITERATURA	Vitor Maia
EDITORA ASSISTENTE	Daniela Padilha
ASSISTENTE EDITORIAL	Áine Menassi
PREPARAÇÃO DE TEXTO	Cintia Shukusawa
REVISÃO DE PROVAS	Adriana Oliveira
	Carla Mello Moreira
	Fei Xi Li
	Valentina Nunes
	Bruna Baldini de Miranda
CAPA	Vinicius Felipe, com ilustração de Rogério Coelho

Texto em conformidade com as novas regras ortográficas
do Acordo da Língua Portuguesa.

Dados Internacionais de Catalogação na Publicação (CIP)
(Câmara Brasileira do Livro, SP, Brasil)

Andrade, Tiago de Melo
  3 x Amazônia / Tiago de Melo Andrade; ilustração Rogério Coelho. —
1. ed. — São Paulo: Editora DCL, 2005.

ISBN 978-85-368-0010-3

1. Literatura infantojuvenil I. Coelho, Rogério. II. Título.

05-3661   CDD – 028.5

Índices para catálogo sistemático:
1. Literatura infantojuvenil   028.5
2. Literatura juvenil   028.5

1ª edição

Editora DCL
Av. Marquês de São Vicente, 1619 – 26º andar – CJ. 2612 –
Barra Funda CEP 01139-003 – São Paulo – SP
Tel.: (0xx11) 3932-5222
www.editoradcl.com.br

Sumário

CAPÍTULO 1 4

CAPÍTULO 2 18

CAPÍTULO 3 27

CAPÍTULO 4 63

CAPÍTULO 5 74

CAPÍTULO 6 88

CAPÍTULO 7 93

CAPÍTULO 8 105

CAPÍTULO 9 117

CAPÍTULO 10 130

CAPÍTULO 11 136

CAPÍTULO 12 141

CAPÍTULO 1

Numa fazenda, nos arredores do sul de Londres, vive uma família singular. Imagine, prezado leitor, um sobrado de tijolos, janelas pintadas de branco, gerânios no parapeito, pombos no telhado e uma longa chaminé. Na varanda, em frente à porta, há um tapete no qual está escrito WELCOME! No interior da casa, papel de parede florido, lustre de cristal, quadros e fotografias na parede, um sofá macio, com muitas almofadas, cadeira de balanço, um televisor, uma estante de livros e uma lareira. Perto desta dorme gostosamente um gatinho.

Bem, até aqui, trata-se de uma casa perfeitamente normal. Nada que não se encontre em qualquer outra casa de campo da Inglaterra. A não ser pelas fotografias espalhadas pela residência.

Numa delas vemos um jovem casal de porte atlético. A foto mostra o dia do casamento deles. Ela usa vestido de noiva; ele, fraque preto, calça listrada, gravata e colete cinzentos. Mas eles não se casaram numa igreja, como era de se esperar, e sim debaixo d'água! Na foto, ao fundo, veem-se cardumes de peixes exóticos e corais multicoloridos – pareciam testemunhas ou convidados do casamento subaquático. Em outro retrato, aparece o casal pulando de paraquedas de um helicóptero; num outro, os dois estão na beira da cratera de um vulcão fumegante. Ainda em outro, o casal faz pose em cima de um submarino nuclear. Por fim, há uma foto em que o homem aparece com a cabeça quase dentro da boca de um leão, enquanto a mulher torce o rabo da fera.

Você tem de concordar comigo que essas são fotografias que não se encontram facilmente por aí, em outras casas. Deu para perceber que esse casal não é nada convencional!

O único retrato mais comum (por isso nem mencionei) é o de três crianças lindas! Espere! Não é tão comum assim... Agora que observei melhor: há um gorila perto das crianças. A propósito, elas são idênticas, de olhos azuis e cabelos loiros cacheados. Três lindos anjinhos e um gorila com aspecto nada amável.

Esse típico sobrado campestre inglês, com retratos de família nada comuns, pertence a um jovem casal de aventureiros: Mr. Christopher Yank e Mrs. Mary Yank. A última aventura deles foi percorrer, de bicicleta, todos os países da Europa! São aventureiros profissionais. Recebem patrocínio para fazer essas viagens malucas. Filmam e fotografam tudo; depois, vendem as imagens a grandes redes de TV e agências de publicidade. Assim é que os Yank ganham a vida.

Genuínos caçadores de aventuras! Que vida emocionante! Pode-se até chamar esse trabalho de diversão! Quem não gostaria de ter um trabalho assim, em que se é pago para se divertir? Poder conhecer o mundo, pessoas interessantes, lugares exóticos... Mas, acredite se quiser, há quem não goste desse tipo de trabalho. Lembra-se daquelas lindas crianças posando perto de um gorila na foto? São os filhos dos Yank.

Jane, Sarah e James são trigêmeos. Quando eram recém-nascidos, até para seus pais era difícil saber quem era quem. Para facilitar, vestiam cada um com uma roupa de determinada cor: James de azul, Sarah de rosa e Jane de amarelo. Assim, evitavam alguns problemas, como, por exemplo, dar remédio duas vezes ao mesmo bebê.

E o trabalho que davam? Três mamadeiras, três trocas de fraldas, tudo triplicado! Quando um dormia, outro acordava chorando; quando este se acalmava, era outro com fome e berrando. Quando um tinha dor de barriga, a outro doía o ouvido... E quando os três queriam mamar ao mesmo tempo? Enfim, três bebês de uma só vez foram mais uma das aventuras na vida dos Yank.

E não pense que eles deixaram suas andanças para cuidar das crianças; também não deixaram de cuidar delas. Depois que os bebês completaram seis meses, passaram a levá-los em todas as viagens. Acredite: os pequenos acompanharam os pais numa viagem em um veleiro para dar a volta ao mundo! Depois, já mais crescidinhos, acompanharam-nos numa expedição à China, à procura do raro urso branco. Também foram à Austrália, para fotografar cangurus lutando boxe com homens e um grupo de aborígines barbudos que caçavam com bumerangues.

Mas o que será que as crianças achavam dessa vida sem rotina mergulhada em aventuras?

James adorava! Ele se sentia o próprio Indiana Jones, sempre com seu chapéu de abas, um chicotinho ao ombro e canivete ao cinto. Entretanto, não posso dizer o mesmo das meninas. Elas odiavam aquela vida de viagens intermináveis a lugares inóspitos, na maioria das vezes rústicos e sem nenhum conforto que a vida moderna pode oferecer. Odiavam os mosquitos, as aranhas, as cobras, os acampamentos e os insuportáveis sacos de dormir. Queriam ir à escola, ter amigos, aulas de balé, uniformes; ter uma vida tranquila, sem sobressaltos, ir de casa para a escola, da escola para casa. Enfim, uma vida "normal" como a da maioria das pessoas. Sabe aquela rotina e mesmice de que muitos querem se livrar? Pois é isso que as gêmeas queriam ter.

Apesar de insatisfeitas com a vida que levam, Sarah e Jane procuram não se queixar para não magoar os pais. Sempre têm esperança de que logo vão deixar essa vida eletrizante e sossegar. Afinal, uma hora eles terão de se aposentar... Até achavam que a última aventura seria aquela de bicicleta pela Europa. Esperavam ansiosamente que os pais comunicassem o fim das viagens no dia do aniversário deles.

Chegou o dia do décimo aniversário dos trigêmeos. E, depois do jantar, uma surpresa...

Era uma noite de sexta-feira. As crianças comemoravam mais um ano de vida. Como nos aniversários anteriores, estavam apenas os cinco membros da família, pois não tinham amigos nem vizinhos. Não possuíam vínculos em Londres por não permanecerem ali por muito tempo. Todos os amigos da família estavam em alguma aventura passada ou num país distante.

Mesmo assim, a festa estava animada. Os trigêmeos receberam os presentes: Jane ganhou um aparelho de som portátil; Sarah, um livro de histórias; James, dois jogos em CD para o computador. Cantaram o *Happy birthday to you*, sopraram as velinhas, fizeram pedidos, beberam refrigerantes e comeram um delicioso bolo de chocolate, preparado com carinho pela mãe. Depois, o pai interrompeu a festa e anunciou, muito feliz:

– Tenho uma surpresa para vocês: mais um presente! E é tão grande que nem foi possível trazê-lo para dentro de casa! – O que é, papai? – perguntam as crianças, saltitando de tanta curiosidade.

Mr. Yank pede-lhes que fechem os olhos, para não estragar a surpresa, e se deem as mãos. Ele as conduz até lá fora, na parte de trás da casa, organiza-as em fila e diz para abrirem os olhos. Entusiasmado, exclama:

– Surpresa!

As crianças olharam, estupefatas, um gigantesco balão prateado, brilhante. O saco de ar era bem longo e tinha o formato de uma gota. Preso a ele, havia um cesto para acomodar as pessoas durante a viagem. Não era lá tão espaçoso; os cinco membros da família Yank ficariam como sardinhas em lata, mas tudo bem...

James, animado, já pulou para dentro do cesto:

– Um balão, papai! Que legal! Mas onde o senhor conseguiu esse balão tão grande? Nem vimos quando o senhor o montou...

– Eu o montei hoje à tarde, quando a mamãe levou vocês para passear em Londres. Já estava tudo combinado; era para distraí-los. E vocês, meninas, também gostaram da surpresa?

– Papai, é um lindo balão, mas não vejo o que nós podemos fazer com ele. Você poderia ter-nos dado um presente de aniversário mais útil, como uma mochila para ir à escola, por exemplo.

– Eu concordo com a Jane, papai. O que vamos fazer com um balão?

– Meninas, faremos uma bela viagem ao redor do mundo! A mais nova empreitada da família Yank! – diz o pai, estufando o peito e dirigindo o dedo indicador para cima.

Nesse momento, Jane e Sarah trocam olhares e saem disfarçadamente, enquanto o pai mostra ao filho entusiasmado o balão supermoderno, capaz de atingir grandes altitudes. James ficou realmente muito empolgado com a nova aventura.

Em casa, Mrs. Mary aguardava o retorno de todos. Quando as duas garotas entraram, percebeu que estavam tristes.

– O que aconteceu, meninas? Não gostaram da surpresa?

– Nós adoramos, mãe! É que estamos cansadas. Brincamos muito hoje. Vamos tomar um banho e dormir.

– Tudo bem, Jane. Então, você e sua irmã podem ir para o quarto, descansar. Mas não assistam à TV até tarde. Agora me deem um beijo de boa-noite.

As duas dão um terno beijinho na mãe e sobem apressadamente as escadas. No quarto, cada uma pula em sua cama com os olhos marejados.

– Estou cansada desta vida, Sarah! Mais um ano que vamos passar viajando. Não aguento mais! Queria tanto ir à escola...

– Pois é, Jane. Neste ano achei que iríamos, pois até fizemos o teste na escola!

– Olhe lá o bobo do James. Ainda está conversando com o papai sobre esse balão. Se pudesse, já sairia voando naquela coisa hoje mesmo! – comentou Jane, olhando pela janela o balão prateado, no qual James brincava.

– Será que vamos passar um ano inteiro dentro do balão, Jane?

– Desta vez essa viagem não vai dar certo. Eu prometo, Sarah. Neste ano vamos à escola custe o que custar! Vamos ter amigos, brincar do que quisermos. Não importa o que eu tenha de fazer para isso!

– Por que não falamos com papai e mamãe a respeito disso?

– Não. Não quero ser a culpada por estragar a viagem de ninguém.

– Então, não há nada que possamos fazer, Jane.

– Há sim! E será esta noite! Só não vai dar se o bobo do James resolver dormir dentro do balão.

Logo depois, Mr.Yank entrou em casa com James, já fazendo planos para a viagem. O menino vai direto para o quarto, a fim de olhar num atlas os lugares pelos quais passarão com o balão. O pai vai para a cozinha e vê a esposa com ares de preocupação.

– O que aconteceu, querida?

– Chris, estou preocupada com as meninas. Elas parecem muito infelizes. Precisava ver a cara delas quando chegaram aqui!

– Não entendo essas garotas! Nas nossas viagens, eles aprendem muito mais do que em qualquer escola!

– Não sei se isso é o certo, querido. Não conseguimos ser professores em tudo...

– Mary, o ensino que damos a eles é muito bom! Tanto é que as meninas passaram no teste da escola. E o combinado era que elas só ficariam aqui para frequentar a escola caso fossem reprovadas.

– Já passou pela sua cabeça que elas podem não gostar da vida que levamos?

– Não sei como isso é possível. É a vida que toda criança gostaria de ter.

– Não, Chris! É a vida que nós escolhemos! Não podemos escolher a vida delas. Deixe que elas decidam!

– Não é muito cedo, Mary?

– Com quantos anos você foi viver a sua primeira aventura?

– Foi aos dez anos. Fugi para ver o circo, escondido de meu pai e de minha mãe...

– Acho que não é preciso responder à sua pergunta, não é?

– Tudo bem: você venceu! Elas ficam, vão à escola, têm a vida monótona que querem ter.

– Pare com isso, Chris! Não quero que demonstre tristeza! Precisa apoiá-las nessa decisão! Não faça chantagem emocional nem as obrigue a ir. Não vê que estão infelizes?

– Está certo, Mary. Estou sendo egoísta. Vou sentir falta de minhas meninas. Mas quem vai ficar com elas?

– Vou chamar tia Betty. Depois que tio John morreu, ela tem estado muito só. Cuidar das meninas vai dar um novo sentido à vida dela.

– Bem, então, amanhã cedo vou a Londres para comprar mochila, cadernos, lápis e borracha para cada uma! Elas vão ficar muito felizes com a novidade!

Enquanto Mr. e Mrs. Yank acertavam os últimos detalhes, as meninas, sem saber dessa novidade, colocam em prática o plano "estraga-viagem".

– Jane, tem certeza? E se papai e mamãe descobrirem?

– Deixe de ser medrosa, Sarah! Você quer passar mais um ano de sua vida viajando? – diz Jane, amarrando um lençol ao pé da cama e jogando a outra ponta pela janela.

– Eu não vou fazer isso! Não posso chatear papai e mamãe!

– Vai, sim! Senão, eu vou contar pra todo mundo que você faz xixi na cama até hoje!

– Não, não conte a ninguém, por favor!

– Você vem ou não? – pergunta Jane, já saindo pela janela.

– Eu vou, mas fique sabendo que não acho certo fazer isso com papai e mamãe!

– Sarah, pare de choramingar! No nosso primeiro dia de aula você vai me agradecer!

Jane e Sarah descem pelo lado de fora da casa, segurando-se no lençol amarrado ao pé da cama. Os pais estão na cozinha, de costas para a janela. As garotas têm de ser silenciosas. Não podem também chamar a atenção de James, que, se as visse, poderia delatá-las.

– Acho que James está no quarto, pois as luzes estão acesas. – Não sei, não, Sarah. Ele pode ter saído do quarto e esquecido de apagar as luzes.

– Bem, eu não sei onde ele está, mas o importante é que não está aqui fora!

– Deve estar no escritório de papai, com aqueles jogos de computador que ganhou. Agora estamos só nós e o balão!

– Jane, ainda está em tempo de desistir.

— Desistir? Nem pensar! Vamos dar um jeito neste balão é agora!

— Você me mete em cada confusão! Se papai nos pega, estamos perdidas!

— Não há como dar errado! Não há testemunhas aqui: só eu, você e a nossa vítima!

Jane e Sarah se aproximam do balão, que está preso ao chão por duas cordas. Jane solta uma, e Sarah, tremendo de medo, a outra.

O balão foi subindo devagarinho. Vendo o sucesso de seu plano, Jane exclamou, triunfante:

— Não lhe disse, Sarah! Agora podemos voltar para a cama e dormir tranquilas! A culpa será do vento. Não há como nos culpar, pois ninguém nos viu.

No entanto, Jane é interrompida pelos gritos de James:

— Ei! O que está acontecendo aqui? Parem já! Eu vou contar tudo para o papai!

— Não disse que isso ia dar errado, Jane? James nos viu! Vai contar a papai!

— Mas onde é que ele está? Não o estou vendo!

— Lá!!! — diz Sarah, apontando para o balão, que já seguia alto!

— Socorro!!! Me tirem daqui! — grita James, do balão, que não para de subir.

— Meu Deus! Ele está dentro do balão! Temos de salvá-lo!

— Mas como? Veja, Jane, como o balão já está alto! Não podemos alcançar as cordas!

— Está indo em direção àquela árvore. Subimos nela e apanhamos as cordas!

As duas saem correndo em disparada para alcançar a árvore antes de o balão chegar até lá. Conseguem chegar primeiro, escalam a árvore desesperadamente. Quanto mais alto subissem, mais possibilidades teriam de agarrar as cordas. O aeróstato finalmente passou por cima da árvore, e as cordas passaram bem na altura das mãos das meninas. Que sorte! As duas agarraram-nas rapidamente com todas as forças. Ei, espere! A ideia até que era boa, não fosse um detalhe: elas eram leves demais, e o balão acabou as arrastando também!

Sarah foi levada de uma vez, ficando agarrada à corda. Jane acabou se segurando à outra corda, mas ficou com a gola da blusa presa num galho da árvore; ela gritou por socorro, mas sorte que o tecido da roupa era bem fino e, com o vento, acabou cedendo a um arranco mais forte do balão.

Agora a situação era de pânico total! Os três pediam socorro ao mesmo tempo: James dentro do balão e as duas meninas penduradas nas cordas. Era inútil gritar: já estavam longe de casa; ninguém poderia ouvi-los.

Vendo que o balão ganhava altitude e percebendo que não conseguiriam se segurar por muito tempo na corda, Jane berrou:

– Gente, chega de gritar! Ninguém vai nos ouvir! James, já que não consegue controlar esta coisa, primeiro puxe nós duas para o cesto!

– Fiquem calmas! Já vou puxar vocês!

Primeiro puxou Jane. Depois, começou a puxar Sarah, que, paralisada de medo, não dizia uma palavra. Só deu um berro quando o irmão a trouxe para dentro do cesto. Cientes do perigo que tinham corrido, abraçaram-se, felizes! Mas a paz não durou muito....

– O que você estava fazendo dentro do balão, moleque idiota? – pergunta Jane, dando-lhe uns tapas nas costas, descontrolada.

– Eu fui brincar no balão. Mas acabei dormindo. Quando dei por mim, já estava voando! Não sei como ele se soltou; estava tão bem amarrado!

– É tudo culpa sua! E agora como vamos sair daqui? Temos de voltar pra casa, sem que papai e mamãe percebam o que fizemos!

– Então, foram vocês! Vocês é que soltaram o balão! Eu vou contar tudo ao papai!

– Isso se nós conseguirmos voltar para casa, seu bobo!

– Traidora! Como você pode fazer isso com papai e mamãe, Jane?

– E eles, como puderam fazer isso comigo? Me arrastar para aquelas viagens intermináveis! Nós não temos amigos, James! Nem sequer

conhecemos nossos avós! Minha vida não tem graça; pareço uma mala que eles carregam de viagem em viagem!

– Se você não queria viajar, não precisava ter feito isso. Bastava falar com papai! Não precisava estragar nossa viagem!

– Nossa viagem!!! Você é outro egoísta. Não venha dizer que está com dó de papai! Está é com pena de si mesmo, do balão, da viagem de família que deu errado...

– Calem a boca!!! – esbraveja Sarah, que estava quieta até o momento. E continua: – Olhem, é Londres! Estamos sobrevoando Londres! Vejam a Abadia de Westminster. Como é bonita daqui de cima!

Ficaram admirando a cidade iluminada. Nunca a tinham visto daquela altura. Era fascinante! Até se esqueceram da enrascada em que estavam e começaram a brincar de localizar prédios famosos. James desafiou:

– Eu vou achar o Palácio de Buckingham primeiro!

– Eu achei primeiro! Está ali à sua direita! – apontou Sarah.

Enquanto isso, na casa dos Yank, Mary e Christopher nem desconfiavam do que se passava. Ele lia tranquilamente o jornal, em frente à lareira, enquanto ela falava ao telefone.

– Pronto! Acabo de falar com tia Betty. Ela ficará com as meninas enquanto viajamos eu, você e James. – Então, quando tia Betty chegar, partiremos.

– Vou dar a notícia às meninas. Elas vão ficar tão contentes!

– Querida, elas já devem estar dormindo. Melhor esperar até amanhã. E, por falar em dormir, melhor irmos também. Logo cedo teremos muito a preparar para a viagem. Ainda nem instalei todos os equipamentos no balão.

O casal se abraça e sobe as escadas vagarosamente, para não acordar os filhos. Coitados, nem imaginam que, neste exato momento, seus filhos estão apostando 20 libras para ver quem vai achar primeiro o Parlamento.

– Encontrei! – exclama Jane.

– Onde está o Parlamento, sua sabidinha? – perguntam em coro James e Sarah.

– Bem embaixo do nosso nariz! Estamos exatamente sobre ele agora! Podem me passar o dinheiro!

– Não vai dar, Jane. Não sei se você notou, mas saímos de casa sem nada! Só se James tiver; ele trouxe a mochila dele.

– Me dê o dinheiro, James! Eu venci a aposta! Rá, rá, rá!

– Espere! Você não está sentindo?

– Sim, estou sentido que você está me enrolando para não pagar!

– Não é isso. Estamos perdendo altitude.

– É verdade! Finalmente, poderemos ir para casa!

– Viva! Nossa casa! – comemoram James e Jane. Mas a comemoração é interrompida bruscamente por um grito de Sarah:

– Olhem! Olhem! O Big!... Big!... Big!...

– Que foi, Sarah? Você está engasgada? – pergunta James, com a testa franzida de preocupação. E completa Jane:

– Acho que ela se tornou gaga com o susto que passou ao ficar pendurada na corda do balão.

– Não é isso! Olhem bem para trás! O Big...

– Ben!!! – gritam todos ao mesmo tempo e em pânico!

O balão estava perdendo altitude e rumava para a torre do famoso relógio! As crianças estavam prestes a se espatifar contra a parede do prédio. Depois de alguns segundos de gritos desesperados, Jane ponderou:

– Calem-se! Os gritos não vão tirar a torre do lugar! Temos que dar um jeito de fazer o balão subir e rapidamente! James, você conversou um tempão com papai. Ele não lhe explicou como esta coisa funciona?

– Bem, deixe-me lembrar...

– Pense rápido, senão o tempo nos mata! – disse ela apontando para o enorme relógio.

– Sim, eu me lembro! Ele disse que, quando queremos que o balão suba, temos que eliminar o peso. Basta tirar esses saquinhos de areia que estão amarrados na borda do cesto.

– Certo, andem logo! Vamos tirar todos eles! Rápido, rápido! Estamos quase batendo!

Fizeram o que James havia dito. O balão ganhou um pouco de altitude, mas não o suficiente. Agora, estavam à mesma altura do relógio gigante e é só isso que enxergam à frente: um fundo branco, números enormes, ponteiros iguais a lanças.

– Não foi o suficiente, James! Temos que jogar mais coisas fora! Que tal aquela mochila?

– Não, minha mochila, não!

– Olhe que eu jogo você junto com ela! – ameaça Jane.

– Gente, o relógio! Estamos chegando perto!!! – apavora-se Sarah.

– Segurem-se que eu vou fazer uma coisa que papai pediu que eu nunca fizesse – disse James, dando um pulo.

E puxou uma alavanca vermelha que estava acima da cabeça deles. Ao puxá-la, acionou o fogareiro que fornecia ar quente ao aeróstato. Produziu-se uma labareda e o balão foi subindo, subindo, passando bem rente ao relógio. Quando acharam que já estavam livres, houve um movimento brusco, desta vez para baixo! Foi o cesto do balão que se prendeu no ponteiro dos minutos do relógio, que marcava 15 para as 10 da noite.

– Agarre-se no ponteiro, James! Dê outro puxão no fogareiro, senão caímos! – mandou Jane, aflita.

James deu um pulo, já que não alcançava a alavanca sem fazer isso, e deu outro puxão com toda a sua força. O fogareiro deu um rugido. Parecia até que se tinha pisado no rabo dum dragão! Com um fogo daqueles, o balão subiu como um foguete, arrastando o ponteiro consigo até travar no número doze! O carrilhão disparou a tocar, dando dez horas da noite. Foi a primeira vez na história em que o Big Ben bateu fora de hora!

Já bem alto, Jane, James e Sarah escutavam, aliviados, o barulho do relógio. Por muito pouco, não se espatifaram na torre!

As badaladas foram ficando cada vez mais baixas e a torre cada vez menor. O balão foi subindo e se afastando da cidade, embrenhando-se na escuridão da noite. Eles mal podiam ver um ao outro, muito menos para onde estavam voando. Sabiam de uma coisa: pelo frio que sentiam na ponta do nariz, deviam estar muito, muito alto. Cada um se sentou num cantinho do cesto, pensativo, desanimado. Estavam longe do chão, longe de casa, no meio da escuridão, sem sinal de solução... Ficaram em silêncio. Cansados de tantos sustos que levaram. E acabaram por adormecer em lágrimas.

CAPÍTULO 2

Logo cedo, na casa dos Yank, o som da campainha despertou Mary e Christopher. Ele se levantou apressado para atender. Era tia Betty, que chegava da cidade para ficar com as crianças.

– Olá, Chris, meu querido!

– Olá, tia Betty! Há quanto tempo! Senti sua falta!

A tia é uma amável senhora de 65 anos. Cabelos loiros, pele levemente enrugada e bem branquinha. Suas falas sempre vêm acompanhadas de um sorriso sincero.

Mary desceu em seguida e convidou-a para saborear umas deliciosas panquecas que o marido sabia fazer muito bem. Foram todos para a cozinha. Ficaram conversando despreocupadamente, enquanto Christopher fazia as panquecas: derramava a massa sobre a frigideira quente, depois tirava com a espátula e jogava as panquecas para o alto, com maestria.

– Como estão as crianças? Já faz muito tempo que não as vejo. Vocês viajam tanto!

– As crianças estão muito bem, tia. A senhora vai até se assustar com o tamanho delas – diz Mary, mostrando com a mão a altura aproximada dos filhos.

– As garotas vão ficar contentes quando souberem que a senhora veio para ficar com elas. Quando contamos da viagem de balão que iríamos fazer, elas ficaram muito tristes.

– Não se preocupe, Chris! Comigo elas ficarão bem! Cuidarei delas com muito carinho e aposto com vocês que as meninas estarão mais seguras comigo do que no balão.

As panquecas ficavam prontas, todos se sentam à mesa. Enquanto comem, Chris explica à tia como funciona o aeróstato:

– É um balão supermoderno! Não se preocupe, não há perigo, tia Betty. Ele é monitorado por satélite e a senhora vai até poder acompanhar nossa viagem pela Internet.

– Chris, é melhor você se apressar. Temos muito trabalho a fazer. Você ainda nem começou a instalar os equipamentos no balão! – comentou Mary.

– É verdade. Tenho que ir a Londres para buscar o restante dos equipamentos e comprar os mantimentos da viagem. Até mais, queridas!

– Não se esqueça de comprar a mochila das garotas! – lembrou-lhe Mary.

– Ele parece não gostar da ideia de deixar as meninas aqui.

– Ele não consegue entender que elas querem ter outra vida, tia. Não acho legal as meninas fazerem uma viagem dessas por obrigação. Tudo o que fazemos de livre e espontânea vontade é saudável. Agora, ir sem vontade, como tem acontecido ultimamente, de fato, não é nada bom.

– É! Chega um momento em que temos de libertar nossos filhos para o destino que escolherem – conclui a tia, enchendo um copo com leite fresco da fazenda.

– Vou acordá-los. Temos muito que fazer!

Mary subiu as escadas, acompanhada pela tia. O primeiro quarto é o das meninas. Abriu a porta e viu que elas não estavam lá. Notou o lençol amarrado ao pé da cama e saindo pela janela.

– Meu Deus, tia! Elas fugiram!

– Mas por que fariam isso? Vocês brigaram? Discutiram?

– Não! Comemoramos o aniversário deles ontem. Mostramos o balão... É isso! Elas fugiram porque não queriam viajar!

– E agora? O que faremos, Mary? Para onde elas podem ter ido?

– Vamos até o quarto de James; talvez ele saiba de alguma coisa...

As duas batem na porta, abrem-na e constatam que o menino também não está lá. Tudo estava muito estranho; elas ficaram confusas: James não tinha motivos para fugir. Preocupadas, saíram no calhambeque velho da tia Betty e começaram a procurá-los nos arredores da fazenda. Nem imaginavam que as crianças já estavam muito longe dali.

Enquanto isso, no balão, os três ainda dormiam, exaustos e deixando que tudo corresse ao sabor do vento. Até que James foi acordado pelo pio estridente de uma gaivota. Abriu os olhos lentamente e viu o céu azul-claro, sem nuvem alguma. Um lindo dia de sol! Por um instante, pensou estar em casa, pois de sua cama conseguia ver um grande pedaço do céu através da janela. Ficava um tempão contemplando o infinito azul. Entretanto, outra gaivota barulhenta o trouxe de volta à realidade! Levantou-se, apoiou os cotovelos na borda do cesto do balão. Via ao longe um porto e, mais próximo, um navio, que soltou um longo e ensurdecedor apito. Jane e Sarah despertaram.

– Então, não era sonho? Estamos mesmo num balão... – lamenta-se Sarah.

E depois é a vez de Jane, que se espreguiça:

– Onde estamos? Será que ainda na Inglaterra?

– Nãããõooo! – responde James, bocejando.

– Se não é a Inglaterra, onde é, espertinho?

– Ah, sei lá, Jane. Acho que estamos indo em direção à França. Aqui embaixo é o Canal da Mancha, veja! Voamos a noite toda em direção ao sul.

– É... Acho que você tem razão.

– Não estamos voando baixo demais?

– Também acho, Sarah. Melhor puxar aquela coisa, igual ao que James fez ontem para o balão subir. Não quero trombar com a Torre Eiffel! Já não basta o Big Ben...

Antes que o irmão explicasse que Paris deveria estar ainda muito longe, Jane fez uma bobagem.

– Jane, não faça issoooooo!!! – exclamou o irmão.

Antes que James pudesse detê-la, Jane deu um pulo, puxando a alavanca com toda a força para baixo. Foi o maior fogaréu, e o balão subiu rapidamente.

Subiu tanto que eles nem se atreveram a chegar perto da borda do cesto. Estavam tão alto, tão alto que começaram a sentir falta de ar! Sabe--se que, quanto mais alto se sobe, menos oxigênio se encontra. A gente se cansa mais fácil, sente tonturas, é difícil até para falar.

– Ótimo, Jane! Agora é que não vamos pousar nunca mais!

– Desculpem. Eu não sabia que subiríamos tão alto assim...

– Jane, James, não estou me sentindo muito bem. Os meus ouvidos estão zumbindo... – logo após dizer isso, Sarah desmaia.

– James, a Sarah desmaiou!

– Pegue uma garrafinha de água na minha mochila!

James joga um pouquinho de água no rosto de Sarah, que acorda assustada.

– O que aconteceu? Estou me sentindo tão estranha!

– Acho que é a altura. Muitas pessoas passam mal em altitudes elevadas.

– Ainda mais ela, que passa mal até na roda-gigante. Imagine neste balão!

– Está frio aqui.... – geme Sarah, batendo os dentes.

– Eu também estou sentindo. Está ventando muito. Meus lábios devem já estar roxos de tanto frio!

– Jane, me ajude a desenrolar a cobertura do balão. Isso pode nos proteger do vento.

As crianças tamparam o cesto do balão, criando, assim, uma cápsula onde se abrigariam do frio das alturas.

Na Fazenda dos Yank, a busca pelas crianças continua. Depois de procurar em toda a vizinhança, tia Betty e Mary decidem chamar a polícia e ligar para Christopher. Não demorou muito, ele chegou à fazenda. Mary o aguardava na porteira. Ele desceu da caminhonete e deu um forte abraço nela, mas logo percebeu os olhos marejados da esposa. Minutos depois, chegou um carro. Eram os policiais Robert e Jennifer. Aflito, o casal os convida a entrar. Tia Betty serviu um chá enquanto conversavam com os policiais. Robert indaga:

– Houve alguma discussão ontem?

– Não, não houve nada – diz Mary, com os olhos vermelhos de tanto chorar.

Depois é a vez de Jennifer:

– Já fugiram alguma outra vez?

– Não, nunca. Sempre foram muito obedientes.

– Sempre foram tão educados, verdadeiros anjinhos! – completou a tia.

– Os senhores têm certeza de que não houve nenhum motivo para eles fugirem? – insistiu Robert, com voz firme.

– Bem... Na verdade, há. Íamos fazer uma viagem. As meninas não queriam ir. Talvez tenham fugido para não viajar, sei lá... – esclareceu o pai, andando de um lado a outro, angustiado, aflito.

– Mas, veja bem, Chris: James queria viajar, não iria fugir. Ele adora isso! Só as meninas teriam motivos para fugir, ele não.

– Meu Deus! Será que eles foram sequestrados ? – alarma-se a tia, apavorada com a própria ideia.

– Calma, senhora! Afastemos a hipótese de sequestro. Temos experiência nesses casos de crianças fujonas. Pelo que acabam de nos contar, podemos deduzir que as garotas fugiram para se livrar da viagem. Seu filho deve tê-las visto saindo e tentou convencê-las a voltar – deduz Jennifer, analisando algumas informações registradas em seu bloco de notas.

– Não se preocupem. Aposto que, quando a fome apertar, elas voltarão. Já vi muitos casos de crianças fujonas que voltam para jantar! – procura tranquilizá-los Robert, com um largo sorriso.

– Além disso, vai ser fácil achar trigêmeos! Vou mandar noticiar a fuga deles no rádio e na TV. Logo alguém ligará avisando onde estão.

– Sim, Jennifer tem razão. Bem, acho que não terão muitos problemas. Basta ter paciência e esperar, porque eles voltarão.

– Os senhores poderiam me arranjar uma foto dos trigêmeos juntos? – pediu a detetive Jennifer.

Mary tira a foto do porta-retrato que estava sobre a lareira e entrega à Jennifer.

– São lindos! – elogia a policial. – E a semelhança é extraordinária!

– Bem, é melhor iniciarmos a busca. Fiquem tranquilos. Logo eles estarão de volta. Tenho certeza!

– Obrigada, caros policiais! Estou muito mais tranquila agora – disse a mãe, relaxando os ombros e suspirando.

– Por que não ficam para o almoço? – convidou cordialmente tia Betty.

– Obrigado, senhora. É muita gentileza sua, mas temos muito trabalho. E ainda precisamos descobrir quem foi o maluco que atacou o Big Ben com um balão ontem.

– Por acaso, vocês não viram nada suspeito? Ficaram sabendo dessa história? Testemunhas dizem que um balão prateado enorme ficou pendurado no Big Ben e parece que veio deste lado da cidade – explicou a policial Jennifer.

– Querida, você olhou o balão?! – perguntou Chris, aflito.

– Não. Seria o último lugar em que as meninas haveriam de querer se esconder!

Todos saíram correndo para ver se o balão estava lá, mas, como eu e você, caro leitor, já sabemos, ele não estava. Christopher, Mary e Elizabeth entraram em desespero! Três garotinhos perdidos num balão! Os policiais chamaram reforços. Iam precisar de mais apoio nesse caso tão complicado.

A notícia dos trigêmeos perdidos num balão se espalhou rapidamente. Logo repórteres de todos os jornais e redes de TV estavam em frente à casa dos Yank, noticiando a fuga das crianças num balão prateado. Uma confusão! Além dos repórteres, vieram mais policiais, bombeiros e pessoas da Aeronáutica – todos tentando descobrir onde o balão poderia estar. Faziam cálculos, traçavam rotas, analisavam as correntes de ar... – uma verdadeira operação de guerra.

Enquanto isso, as crianças estavam bem calmas no balão. Tinham uma certeza: uma hora, ele ia ter que descer. Quando isso acontecesse, bastaria achar o primeiro telefone e ligar pra casa!

Só que não era bem isso que o destino preparava para eles.

Fechados na cabina improvisada do balão, nem percebiam o que acontecia do lado de fora. Vez ou outra, um colocava a cabeça para fora e espiava. Até resolveram jogar baralho para matar o tempo.

– Boa ideia você ter trazido esse baralho na mochila, James! Deixe eu ver o que mais tem aqui: sabonete, pasta de dentes, escova, três barras de chocolate, duas garrafas de água, duas de refrigerante, maçãs, biscoitos, roupas... – foi enumerando Sarah.

– Ei! Quem deixou você mexer aí? Esta mochila é minha!

– Para quem ia brincar só um pouquinho no balão, até que você trouxe muita coisa! – disse ela, desconfiada.

– É que eu sempre ando com minha mochila para o caso de uma emergência.

– Você ia viajar sozinho no balão! James Yank, seu traidor! E ainda ficou nos culpando! – brada Jane, indignada.

– E a culpa é mesmo de vocês! Quem desamarrou o balão? Fui eu?

– A culpa é sua! Não deveria ter dormido no balão! Além do mais, se já ia viajar sozinho, por que não sabe controlar esta coisa?

– E por acaso deu tempo? Eu entrei no balão pouco antes de vocês chegarem! Quando eu as ouvi, me abaixei! Não deu nem para ler o Manual do Balonista! Além disso, o balão está sem os equipamentos de comunicação e navegação. Eu só ia dar uma volta e retornar pra casa...

– Parem de brigar! Não adianta nada essa discussão! – disse Sarah. – Agora, temos de descobrir uma maneira de pousar esta coisa! Ufa!... Essa discussão me deu até calor!

Sarah começa a tirar a lona que os cobria. Eles estão prestes a aterrar. Você está pensando que é uma boa notícia? Nada disso. Tudo bem que eles queiram pousar, mas não na água! E é só o que veem em todas as direções, a perder de vista!

Estão voando a apenas alguns metros do oceano Atlântico. Só viam céu e água. Nenhum sinal de terra! Agora, vão ter de tomar uma importante decisão. Se aumentassem o fogo do balão, subiriam bem alto, demorando mais um longo tempo para descer; se voassem baixo, esperando encontrar terra firme, correriam o risco de um vento forte os lançar ao mar.

Depois de muita discussão, chegaram à conclusão de que era melhor subir. Pois, se caíssem na água, seria bem pior! Perderiam o abrigo do cesto e dificilmente conseguiriam nadar até atingir algum lugar; ficariam em alto-mar.

James puxou a alavanca. E... que azar! A alavanca travou, deixando o fogo em nível constantemente alto!

– Ops!

– Ops?! Ops o quê, James?

– A alavanca travou quando a puxei.

– E agora? Onde nós vamos parar? – indaga Sarah, preocupada.

– Não sei... Só espero parar esse balão antes de alcançar o Sol, pois lá é muito quente – falou Jane, olhando para baixo e vendo o oceano ficar cada vez mais longe.

O balão subiu, subiu e subiu até a altura máxima que um balão pode alcançar. Ficaram voando nas alturas, no frio, fechados, por um bom tempo, talvez dias! Espiavam o lado de fora por um buraquinho do cesto: nem sinal de terra, apenas a monotonia azul do mar. Alimentavam-se precariamente de chocolate, biscoito, frutas, água e refrigerante que James havia trazido. O balão permaneceu no alto por alguns dias, até que o combustível acabou. E aí ele foi perdendo altitude lentamente. As crianças procuraram não se desesperar, porque havia um sinal de terra no horizonte. Mas será que conseguiriam chegar lá ou cairiam na água antes?

CAPÍTULO 3

Mais um longo dia se passou. A comida e a água acabaram e o balão continuava alto. A terra firme, que pareciam ter avistado no início do dia, desapareceu. Seria uma miragem? Eles estão cansados, exaustos, com muita fome e sede. A única coisa que ainda têm é esperança. A noite chegou e, mais uma vez, adormeceram, deprimidos.

Na manhã seguinte, Jane acorda, sentindo um líquido quente lhe molhar a perna:

– Mas o que é isso?! Estou toda molhada!

– Eu também! O que é isso? – perguntou James, cheirando a roupa molhada.

– Xixi! – concluíram os dois ao mesmo tempo!

– Sarah! Você molhou todos nós! Por que você não fez no penico e jogou pra fora do balão?

– Desculpe, gente! Sonhei que estava indo ao banheiro lá de casa.

– Ótimo! Além de tudo, agora estamos todos mijados! Que nojo!

– Nossa! Está quente aqui! – disse James, se abanando com as mãos e tirando a cobertura da cesta do balão. Ao se levantar, perdeu a voz por uns instantes. Sarah, ao ver o irmão com cara de espanto, também se levantou e olhou, estupefata, a paisagem.

– Ei! Por que vocês estão aí parados com essas caras de bobo? E Jane, ao se erguer, fez a mesma cara de espanto. Levantou as sobrancelhas e deixou o queixo cair.

Abaixo deles, um mar de árvores, uma imensidão verde! Por todos os lados que olhassem, viam apenas mata imensa e fechada, uma grandiosa floresta que se estendia por quilômetros, até a linha do horizonte.

Aqui e ali, alguns pontos coloridos de árvores em flor, azul, roxo, branco, amarelo, vermelho. Revoadas de pássaros cortavam os céus em grandes bandos.

– Gente, não sei onde estamos, mas, com certeza, Londres não é – disse Jane, com ares de preocupação.

– É maravilhoso! Nunca vi nada tão bonito em minha vida!

– Ora, James, eu já vi coisa mais bonita em minha vida: minha casa! Com tantos lugares no mundo, tínhamos que vir parar numa floresta! Deve estar repleta de cobras, mosquitos, aranhas e toda espécie de bicho venenoso! Só de pensar, me dá calafrios! – lamentou-se Jane, diante da densa vegetação. E continuou:

– Espero que ainda haja ar quente neste balão para nos tirar de cima desta selva!

– Olhem aquela árvore coberta de flores azuis!

– E olhem aquela revoada de pássaros! Deve haver centenas! – Jane não se empolgou muito com a admiração dos irmãos e disse esperançosa:

– Quem sabe o vento ainda nos leva para uma cidade que tenha um telefone por perto.

Nesse exato instante, adivinhem. A revoada de pássaros foi em direção ao balão. Os meninos se protegeram e rapidamente usaram a coberta. Lá dentro, no cesto, escutavam apenas o rufar das asas e as batidas contra o balão. Passado algum tempo, tudo silenciou. Percebendo a calmaria, tiraram a capa protetora. Então, uma desagradável surpresa: o balão estava todo furado pelas bicadas das aves!

– Ai, meu Deus do céu! – Agora, só Deus mesmo para nos salvar. Vamos nos esborrachar no chão ou no topo das árvores! – disse Jane.

O balão foi perdendo altura rapidamente. James pediu que as irmãs se segurassem firmemente nas bordas do aeróstato para não serem lançadas para longe, pois a queda era inevitável! As árvores da floresta vão se aproximando, aproximando, aproximando e o cesto penetra violentamente na copa das árvores, quebrando galhos, fazendo o maior estrondo: Brrrááá!... Crá–crá–crá–crááá!... Proooc!

Contudo, o tecido do balão se enroscou nos galhos, amortecendo a queda. Depois dos solavancos, tudo se acalmou e, dentro do balão, os trigêmeos sentiam apenas um leve balanço.

James foi até a borda do cesto e olhou para baixo: o chão ainda estava longe. O que restou do balão se enroscou na copa duma gigantesca árvore. Estavam pendurados a uma altura de 20 metros.

– Vocês estão bem? – perguntou, preocupado com as irmãs.

– Acho que ainda estou inteira – falou Sarah, apalpando o corpo, à procura de contusões.

– Ainda bem que a árvore amorteceu a queda; do contrário, teríamos nos espatifado no chão! – disse Jane, retirando as folhas da árvore que estavam sobre seu cabelo. – É melhor descermos. Não vejo a hora de sair deste balão e esticar as pernas!

– Só há um problema: olhem para fora do cesto – observou James.

– Uau! Como é alto!

– Ainda não aterramos! Como vamos descer daqui, James?!

– Não sei. Mas temos de pensar logo numa maneira. Acho que o balão pode se desprender a qualquer momento.

– Está balançando tanto!... Estou ficando tonta!

– Aguente firme, Sarah. Já sei! Vamos descer do mesmo modo que subimos! O que você acha dessa ideia, James?

– É mesmo! Podemos usar as cordas para descer!

– Vocês estão loucos?! É muito alto! Eu não vou conseguir – protesta Sarah, tremendo de medo ao olhar para baixo.

– Vou amarrar as cordas – disse James prendendo umas às outras com o nó de marinheiro que o pai lhe ensinara. Era um nó forte e não havia perigo de as cordas se soltarem. Atou uma ponta ao cesto do balão e atirou a outra extremidade para fora. Jane olhou para baixo e exclamou:

– A corda não chegou ao chão. E agora, James?

– A árvore é muito alta. Teremos de pular quando a corda chegar ao fim.

– O quê?! Está maluco?! Eu não vou pular, é muito alto!

– Vamos lá, Jane. Não é tão difícil! Além disso, vocês duas estão cansadas de saber como se faz para descer em cordas. Fazemos muito isso nas escaladas com papai e mamãe. Quando a corda terminar, é só soltar e pular. Mas, se vocês preferem cair daqui de cima, junto com o balão, por mim, tudo bem. Vou descer primeiro; assim, vocês verão como é fácil.

O menino desceu devagar pela corda. Mas esta acabava a uns dois metros do chão. Soltou-se dela e caiu sobre folhas úmidas e apodrecidas da floresta.

– James! James! Você está bem?

– Sim, estou bem! O chão é macio. Viram como foi fácil? É só vocês fazerem igual.

A primeira das meninas a descer foi Jane. Escorregou pela corda e caiu no chão, como fez James. Sarah ficou por último: tinha medo de altura. Aliás, eram raras as coisas que ela não temia.

– Desça logo, Sarah! Não tenha medo! Procure não olhar para baixo.

Apesar do medo, Sarah se agarrou à corda e começou a descer devagar, mas, quando estava na metade, o balão começou a se soltar, balançando a corda.

– Socorro! Socorro! Eu vou cair!

– Escorregue pela corda! O balão vai cair! – avisou o irmão.

Ela escorregou pela corda e caiu esparramada sobre as folhas do chão. O balão se soltou e por pouco não a esmagou, pois James a salvou rapidamente.

O balão se espatifou no chão, fazendo um grande barulho e assustando os animais da floresta. Pássaros saíram em revoadas e macacos gritavam, assustados.

– Vocês estão bem? – perguntou Jane, abraçando os irmãos.

– Sim, estamos bem, mas esta foi por pouco! – Que barulho é esse? – perguntou Sarah, ainda se refazendo da queda.

– São os bichos da floresta. Acho que se assustaram com a queda do balão – explicou James.

– Nossa! Vocês já olharam ao redor?

Eles tinham caido na parte mais densa da floresta. A selva ali era tão prodigiosa que sensibilizou os trigêmeos. Estavam mudos de admiração.

* * *

A esta altura, em Londres, como você, leitor, imagina que estejam os pais de nossos heróis? Mr. Christopher e Mrs. Mary Yank estavam desesperados à procura dos filhos, alarmando toda a vizinhança. Chamaram a polícia e mobilizaram várias pessoas especializadas em encontrar pessoas desaparecidas. Emissoras de rádio e de televisão, além de repórteres dos principais jornais londrinos, se ocuparam do assunto do dia.

Uma coisa era certa: diversas testemunhas viram, naquele dia, o referido balão sobrevoar o centro da cidade e dirigir-se para o sul; pilotos de aviões que faziam a rota Paris–Londres também avistaram o mesmo aeróstato sobrevoando o Canal da Mancha, assumindo depois a direção oeste, segundo revelava o radar de bordo.

As buscas continuaram por dias e dias, sem qualquer êxito. Desesperados, os Yank estavam quase admitindo que os filhos estavam perdidos para sempre!

* * *

De volta às peripécias de nossos pequenos aventureiros, em plena selva eles ficaram perplexos com o que viram.

Árvores colossais de quarenta metros de altura se erguiam. As frondosas copas formavam uma gigantesca abóbada verde, que filtrava a luz do sol. Raramente um raio de luz conseguia penetrar pela densa floresta, e isso deixava tudo na penumbra. Raízes tubulares e longas pareciam dar suporte àquelas gigantescas árvores. Trepadeiras e lianas pendiam dos grossos galhos em emaranhados de folhas e ramos, que se enrolavam uns nos outros. Centenas de orquídeas e bromélias disputavam cada mínimo espaço nos galhos repletos de vida. Cipós ou raízes aéreas brotavam nas alturas, pendiam e se desenvolviam em direção ao solo. E ainda, com um olhar mais atencioso, podiam-se vislumbrar incontáveis insetos nas cascas das árvores.

O chão era úmido e coberto de folhas apodrecidas. A umidade era tanta, que podiam senti-la envolvendo o corpo, penetrando nos poros, molhando os cabelos.

– Olhem para estas árvores! Não é incrível? Têm a altura de prédios! – notava James, admirado.

– Olhe que linda flor no tronco daquela árvore!

– Acho que é uma orquídea, Sarah – esclareceu ele.

– Sem querer atrapalhar o turismo de vocês, não sei se notaram que estamos perdidos numa floresta, não sabemos em que país estamos. Não sabemos nem mesmo em que lugar da Terra! Não temos comida nem água, e eu estou com saudades de casa! – queixou-se Jane, ajeitando os cabelos.

– Acho que sei onde estamos! – arriscou o irmão, com um sorriso de triunfo. – Nós voamos quase todo o tempo na direção oeste, ou sudoeste. Só podemos estar na América!

– Então, onde está a Estátua da Liberdade? – desafiou-o Jane.

– Nós estamos na América, mas é a do Sul, minha cara! Só pode ser!

– América do Sul? James, será que esta é a floresta amazônica? – indagou Sarah.

– Acho que sim. Só temos que conferir. Na minha mochila trouxe um atlas ilustrado. Podemos ver se a descrição do livro coincide com o que vemos aqui!

– Boa ideia! Onde está sua mochila?

– Ficou no balão...

– Vamos ver se conseguimos pegá-la!

Não demorou muito para encontrarem o que queriam. Jane abriu o atlas na parte de vegetação do planisfério da América do Sul. No mapa, uma grande mancha verde-escura indicava a floresta amazônica na porção norte da América do Sul. A selva se estendia quase que continuamente por vários países: Guiana Francesa, Suriname, Guiana, Venezuela, Colômbia, Equador, Peru, Bolívia e Brasil. No total são sete milhões de quilômetros quadrados de floresta, sendo que a maior parte dela se encontra em terras brasileiras.

– Uau! Vejam o tamanho desta floresta! Se aqui for mesmo a floresta amazônica, estamos perdidos! Nunca sairemos vivos! – gemeu Jane, desanimada.

– Calma, Jane! Ainda não sabemos se é essa floresta – ponderou James.

Nesse instante, Sarah toma o atlas nas mãos:

– Deixe-me ver. O mapa mostra que ela realmente é extensa! Bem, vamos ver o que está escrito sobre a floresta:

A floresta amazônica é a maior floresta tropical do mundo. Sua área, só no Brasil, é de quase quatro milhões de quilômetros quadrados. Abriga mais da metade das espécies de animais existentes no planeta. Só de insetos, existem na Amazônia dez milhões de espécies diferentes, a maioria ainda desconhecida pelo homem...

– O quê?! Quantos insetos? Dez milhões de espécies?! Eu não vou conseguir ficar aqui com todos esses insetos! Esta floresta é pequena demais para nós todos! – reclamou Jane, coçando a cabeça e olhando ao redor para ver se não havia nenhum inseto por perto.

– Vamos, Sarah. Continue lendo – pediu o irmão.

Calcula-se que também existam na Amazônia quatro mil espécies de peixes, seis mil espécies de aves e mais de mil espécies de mamíferos, sem falar das formas primitivas de vida – bactérias, fungos e vírus, que são incalculáveis. A diversidade da fauna é enorme e, em apenas um hectare da Amazônia, há mais espécies vegetais do que em todas as florestas do hemisfério norte. A selva é cortada por centenas de pequenos rios, mas os principais são os rios Negro e Solimões, que, juntos, formam o maior rio do mundo: o Amazonas. Todos esses rios tornam a Amazônia também o maior reservatório de água potável, represando um quinto da água doce do planeta...

— Até que enfim, uma boa notícia! De sede pelo menos não morreremos – falou Jane, se abanando de calor.

— Vejam, há algumas fotos de árvores e de pássaros – mostrou Sarah.

— Ei! Olhem esta árvore. Não se parece com aquela onde caímos? – reparou Jane.

— É bem parecida. O que o livro diz, Sarah?

— Sumaúma. A sumaúma é uma árvore gigante, uma das maiores da Amazônia. Pode atingir quarenta metros de altura e oito metros de diâmetro. Dá frutos vermelhos e duros, que, quando se abrem, liberam sementes envolvidas por plumas brancas que flutuam pelo ar.

— Só faltam as plumas brancas.

— Agora não falta mais, Jane. Olhe essa pluminha branca que caiu bem na ponta do meu nariz. Atchimmmmm!

— Vejam só o tamanho desta semente: é minúscula! – observou Sarah, apanhando a semente na ponta do nariz de James. – E pensar que uma sementinha destas se transforma numa árvore do tamanho de um prédio!

— Se a árvore do livro é igual a esta, podemos concluir que estamos mesmo na Amazônia! Continuamos perdidos! Como vamos voltar para casa agora? – falou Jane, coçando a cabeça.

— Calma, Jane! Deve haver uma cidade por perto.

— Veja, James, o mapa mostra uma cidade, Manaus – apontou ela no mapa um pontinho redondo dentro de um círculo.

— Manaus é a capital do Amazonas. Mas só há uma cidade em quatro milhões de quilômetros quadrados de floresta? Realmente estamos perdidos!...

— O mapa só mostra as capitais, Jane. Deve haver dezenas de cidades menores, vilas, aldeias indígenas... – concluiu James, cheio de esperança.

— Aldeias?! Aldeias de índios?! Será que são canibais? – perguntou Jane, com cara de horror.

— Pare de pensar no pior! Isso não vai nos ajudar a sair daqui!

O receio de Jane tem fundamento, pois há índios canibais na Amazônia, sim! Mas os índios não comem carne humana para matar a fome. Comem apenas em rituais. E só comem os bravos guerreiros, pois os índios acreditam que, ao comê-los, adquirem suas forças e virtudes.

Com muita dificuldade, James conseguiu acalmar Jane. Mais tranquilos, começaram a discutir as alternativas para sair dali: se caminhassem para o Norte ou para o Sul. Foi quando se lembraram de que não tinham uma bússola e também não podiam se guiar pelos astros, pois a sombria floresta não permitia ver o céu. Eis que um ruído estranho chama a atenção de Sarah:

– Vocês ouviram isso? Parece um latido.

– Latido? – indagou James, com cara de espanto.

O som se repetiu:

– Au, au, au!...

– Agora eu ouvi! Parece mesmo um latido.

– Onde há cachorros há homens. Pode ser algum caçador ou um morador da floresta. É a nossa chance de sair daqui! Vamos gritar por socorro – disse James.

– Socorro! Socorro! – gritaram todos a uma só voz.

Logo após pedirem ajuda, os latidos pareceram se aproximar. Escutaram alguém pisando as folhas do chão da floresta. De trás de um arbusto, pulou um pequeno macaco de rabo curto, com o corpo coberto de longos pêlos brancos. Contudo, seu rosto não tinha pêlos, deixando à mostra a pele vermelho-sangue, igual a tomate sem casca. Todos olham com cara de espanto, já que estavam esperando um cão.

– Que bicho feio!– exclamou Jane ao ver o macaco de cara pelada.

O macaco uacari continuava:

– Au, au, au!

– Gente, o macaco late! – constatou Sarah, surpresa.

– Será que ele é perigoso?

– Acho que não – afirmou James.

Mal James acabou de falar, o macaco de cara vermelha deu um salto e rapidamente furtou o livro que estava na mão de Sarah. Ela levou um susto e gritou. O macaco correu para a floresta, levando o atlas consigo.

– Eu avisei que ele poderia ser perigoso!

– O pior é ele que levou o nosso livro, a única pista que tínhamos para nos orientar – lamentou-se Sarah.

– Alguém vai ter de ir lá pegar nosso atlas de volta – disse Jane, olhando para dentro da mata indevassável.

– É mesmo – concorda a irmã, olhando para James.

– Por que estão olhando para mim? Eu é que não vou atrás do macaco!

– Por quê?! O Sr. Indiana Jones está com medo?

– Não é isso, Jane. É que o livro não vai fazer falta...

– Confesse, meu irmão! Você está morrendo de medo de ir atrás do macaco!

– Vá, James! O livro pode nos ajudar, só temos ele como guia! – pede Sarah com carinho.

– Eu vou, mas só porque você está pedindo. Sem problemas. É só um macaquinho, não é mesmo? – pergunta James, dissimulando o medo.

– Tome, leve este pedaço de pau – Sarah lhe entregou um galho quebrado, encorajando-o.

– Macaco ladrão, aqui vou eu! – anunciou James, entrando na mata com o peito estufado.

– Sarah, estou preocupada. E se James não voltar?

– Calma, Jane! Vai dar tudo certo. O que um macaco tão pequeno poderá fazer contra ele?

Sarah mal completou a frase e, nesse instante, viu James voltando, correndo aos berros:

– Aaaaaaah! Macacos! Macacos! – gritava ele, passando aceleradamente por elas, deixando-as para trás.

– O quê?! – perguntam as meninas, trocando olhares espantados. A pergunta logo foi respondida por latidos, mas não de um macaquinho e sim de um bando de macacos! Dezenas de macacos-de-cara-vermelha vinham latindo e pulando pelos galhos das árvores, em direção às meninas. Apavoradas, elas saíram correndo e gritando atrás de James.

Na verdade, aquele bando não estava atrás deles, e sim de passagem por ali. Os trigêmeos é que estavam no caminho. Não se tratava de um ataque, mas não é fácil perceber isso, quando um bando de macacos-de--cara-vermelha vem pulando e "latindo" em sua direção! Na confusão da correria, os trigêmeos acabaram se separando na floresta: James correu para um lado e as garotas, para outro.

Já sem ar, de tanto correr feito loucas pela mata, Jane e Sarah param um pouco. Não aguentavam mais correr. Entraram em uma parte da floresta em que o chão de folhas secas deu lugar a um emaranhado de plantas, das mais diversas formas. Essas plantas arranhavam os braços, rasgavam as roupas e prendiam os pés.

– Pare, Jane! Não dá mais para correr. Há muitas plantas aqui! – arfou Sarah, sentando-se em um tronco de árvore, de onde brotavam centenas de pequenos cogumelos amarelos.

– Está certo. Também não estou mais aguentando.

– Onde está James? Será que passamos na frente dele?

– Não sei. Não me lembro de ter passado por ele.

– Então, nos separamos – exclamou Sarah, dando um tapinha na testa.

– Ele não deve estar longe. Vamos chamar por ele.

– James! James!... Onde está você?! – gritaram as duas em coro, ainda sentadas no tronco.

– Jane, não é melhor irmos atrás dele? Procurá-lo?

– Não sei. Talvez seja melhor esperarmos um pouco – disse Jane, levantando-se e andando pelos arredores.

Nesse momento, a menina não percebeu, mas havia acabado de pisar num formigueiro. Eram umas formigas minúsculas, que mal dava para ver. Ao pisar no formigueiro, centenas desses insetos começaram a atacá-la. Afinal, Jane estava derrubando a casa delas! E essa formiguinha, chamada lava-pé, tem uma picada doída que nem espetada de agulha, seguida de uma ardência terrível. Jane começou a sentir as picadas por todo o corpo.

– Ai! Ai! Ai! – gritava ela, chorando e pulando, a fim de expulsar as formigas.

– O que foi, Jane? O que está acontecendo? Por que está pulando que nem uma macaca?

– Estou sendo atacada por formigas! Estão me picando!

– Oh meu Deus! O que posso fazer?

– Bata em mim para matá-las.

– Ai! Estão vindo em mim também! Ai! Ai! Ai! Ai! – gritou Sarah.

No momento em que as duas se estapeavam desesperadamente para matar as formigas, surge por entre as folhas da floresta um menino de uns 12 anos, de pele acobreada, cabelos pretos e lisos caídos sobre a testa, quase encobrindo seus olhos escuros como a noite. Nas orelhas, dois pequenos botoques, rodelas de certa semente grande e chata.

O menino apanhou umas folhas compridas e finas de um galho de árvore e começou a bater nas meninas. As folhas segregavam um visco que prendia as formigas. Em pouco tempo, estavam livres dos indesejáveis insetos.

Estavam tão aflitas, que, naquele instante, nem perceberam que estavam sendo salvas pelo indiozinho. Quando ele acabou com as formigas, é que elas se deram conta da presença dele. E se abraçaram de susto.

– Jane, um índio!

– Estou vendo, Sarah! Será que ele é canibal?

– Não parece. Está até sorrindo para nós.

– Não está sorrindo, está mostrando os dentes, é diferente.

– Mas ele é tão pequeno, Jane!

– Você e James disseram a mesma coisa dos macacos-de-cara- -vermelha.

– Acho que, se ele quisesse nos matar, não nos teria salvado das formigas – disse Sarah, se coçando toda por causa das picadas.

– Quando entram formigas no seu lanche, você não as tira dali para depois devorá-lo?

O pequeno índio abaixou-se como se procurasse algo. Depois de algum tempo, apanhou do chão uma erva verde-clara e esfregou nas mãos. Em seguida, muito delicadamente, passou as mãos sobre as picadas de Sarah.

– O que ele está fazendo, Sarah?

– Não sei. Está esfregando essa coisa em mim... Ei! A coceira parou! Acho que é um remédio contra picadas de formiga! Deixe-o passar em você.

– Eu não! E se isso aí for tempero?!

O pequeno índio disse insistentemente palavras estranhas a Jane e ela acabou deixando que ele passasse a tal da erva em suas picadas.

Depois disso, o índio ficou admirando a semelhança entre as duas garotas. Passava a mão no rosto de uma, depois no rosto da outra, apertou de leve o nariz de uma, depois o nariz da outra. Comparou as orelhas, as mãos. O índio estava fascinado com a semelhança das gêmeas.

– O que será que ele está fazendo, Sarah?

– Acho que está nos admirando.

– Ou então nos medindo para ver se cabemos no caldeirão dele!

– Pare com isso, Jane! Ele quer ser nosso amigo.

– Como é que você sabe? Não entendemos uma palavra do que ele diz!

– Não sei, eu sinto isso pelo jeito com que ele nos olha, pelo carinho com que nos trata.

– Veja, agora ele está fazendo um gesto com as mãos.

– Parece que está fazendo OK.

– Não, está fazendo três! – deduziu Jane.

– James! – concluem as duas em coro.

– Será que ele sabe onde James está?

– Não sei, Jane. Vamos perguntar a ele.

– Mas como? Você não sabe falar a língua dele!

– Vou tentar me comunicar por sinais – disse Sarah, já gesticulando.

Sarah mostrou ao índio apenas um dedo e fez uma cara de como quem diz "Onde está?".

O índio puxou as duas pelas mãos, como se pedisse que o seguissem. Na certa, sabia para que lado James tinha ido. As garotas, percebendo o que ele queria dizer, seguiram-no. Iam andando devagar e com muita atenção, estavam num ponto em que a floresta era densa. Não se enxergava o chão, que era coberto por toda espécie de arbustos, trepadeiras, espinheiros e cipós que pendiam da copa das árvores. O índio para e mostra uma planta, aparentemente inofensiva, mas, ao levantar suas folhas, viam-se pontiagudos e venenosos espinhos que ela ocultava. Era um aviso para tomarem cuidado com aquela planta ou com plantas parecidas.

Ele andava atento pela floresta e, observando tudo com cuidado, procurava os rastros de James. Uma folhinha virada e um galhinho partido, por mais insignificantes que pudessem parecer aos olhos estrangeiros, eram examinados com detalhes pelo menino. Eles seguiram uma trilha e, em pouco tempo, viram James. Estava no topo de uma árvore, agarrado a um galho.

Jane ia gritar-lhe, mas o pequeno aborígine a impediu, tapando sua boca com uma mão e mostrando com a outra um puma – como era chamado o animal em sua aldeia indígena. O felino esperava sentado pelo menino, ao lado da árvore, queria devorá-lo! Quando alguém olhava para a fera, ela mostrava os dentes e rosnava.

Nosso amigo índio imaginou um jeito de tirar James da encrenca. Primeiro, pediu às gêmeas que passassem pelo corpo as folhas de uma árvore. Essas folhas tinham um cheiro bastante forte: era para confundir o olfato do felino. Depois, pediu que elas ficassem bem quietas. Também besuntou-se com as folhas e foi para o outro lado da floresta. Começou a fazer muito barulho, gritava e fazia uns sons estranhos. Jane e Sarah se olharam, achando tudo aquilo muito estranho, mas ficaram quietas, como o menino da selva havia pedido. O puma, que também ficou curioso para saber o que era aquela algazarra, foi lá espreitar, achando que talvez fosse um almoço mais apetitoso do que James.

Percebendo que conseguira atrair a atenção da fera, o índio saiu, sem fazer barulho. Sorrateiramente, foi até James, deu-lhe as folhas e fez sinal para esfregá-las no corpo. James o obedeceu e, assim, saiu com o índio em silêncio. Caminharam até onde estavam as irmãs, que aguardavam apreensivas.

– James, você está bem? – pergunta Sarah, baixinho, dando um abraço no irmão.

– Sim, graças ao novo amigo de vocês.

– Nós também escapamos de ser devoradas – falou Jane, aliviada.

– Por quem? Por outro felino?

– Não, pelo índio – respondeu.

– Deixe de ser implicante! – falou Sarah, em tom mais alto.

O índio pediu silêncio e fez um gesto com as mãos, dizendo-lhes que o acompanhassem. Se não saíssem dali rapidamente, o puma logo os encontraria.

– Está fazendo sinais – falou James, apontando para o índio. – Acho que ele quer que nós o sigamos.

– Vocês estão loucos? Não podemos ir com ele!

– Por que não, Jane? – perguntou James aos sussurros.

– Por vários motivos: não o conhecemos, não entendemos nada do que ele fala. E se ele nos levar para uma tribo de canibais?

– Vamos nós dois, James? Se ela prefere ficar aqui em companhia daquele bicho, azar dela! – sacudiu os ombros Sarah, já se despedindo com um aceno.

Com medo de ficar sozinha na floresta, Jane não teve outra escolha a não ser seguir os irmãos e o nativo.

– Mas como foi que você foi parar em cima daquela árvore, James? – pergunta Sarah.

– Eu acho que os macacos estavam fugindo do puma e não correndo atrás de mim. Quando olhei para trás, para ver se os macacos haviam desistido, o que vi foi o bicho. Subi na primeira árvore que encontrei.

– Vai ver, ele resolveu correr atrás de você, porque é bem mais gordinho que os macacos – zombou Sarah.

O pequeno índio os guiava pela floresta sombria. Devia ser quase meio-dia e o calor era intenso, mesmo sob as árvores. Era um calor grudento, estavam molhados, era intensa a umidade. Estavam com as roupas rasgadas pelos espinhos da floresta e ainda fedorentos por causa das folhas que haviam esfregado no corpo. Jane era a que mais reclamava. Queixava-se principalmente de uma dor na planta do pé de tanto pisar em duros seixos de quartzo que vez ou outra surgiam no chão, entre as folhas e a lama. Não estava vestida para explorar selva. A frágil roupa já estava imunda, e os sapatinhos finos só serviam para amortecer o impacto em ruas bem asfaltadas da cidade. Tudo o que ela queria era se livrar das aventuras do pai e da mãe, mas acabou se metendo na maior aventura de sua vida! Perdida na floresta imensa, apenas com a roupa do corpo, sem nenhum dos instrumentos de alta tecnologia que seus pais levavam nas viagens que costumavam fazer: bússolas, aparelhos de localização via satélite, comunicadores e até computadores. O mais importante também faltava: os próprios pais! Sentia falta de todo aquele amor, carinho e cuidados que davam aos trigêmeos.

Depois de muita caminhada pela mata densa, chegaram a uma pequena trilha na floresta, onde só cabia um pé à frente do outro. Ali, a paisagem era menos densa, e pequenos beija-flores bebericavam o néctar de grandes flores amarelas. A trilha era natural: não foi aberta por foice nem machado. Simplesmente, por um capricho da natureza, árvores nasceram um pouco mais afastadas umas das outras, o que possibilitou a passagem de mais luz e ar.

Apesar de o caminho ser estreito, era um oásis de luminosidade na floresta escura. Pequenos arbustos com flores coloridas surgiam aqui e ali, belas borboletas azuis frequentavam a passagem, em busca do sol, que ali incidia um pouco mais forte. Na trilha corria também uma suave brisa que aliviava um pouco aquele insuportável calor de quase 40° C.

Mais algum tempo de caminhada e, no fim da trilha, surgiu uma grande parede de folhas de palmeira secas e trançadas. Por uma pequena passagem, o indiozinho entrou na muralha de palha.

Depois de avistar o grande muro tramado em fibra, os trigêmeos ficaram fascinados com a grande clareira circular aberta na floresta densa, cercada por um paredão de folhas de palmeira secas, sustentadas por vigas de madeira fina. Por cima do muro, um teto também de folhas de palmeira avançava alguns metros para dentro da clareira, formando uma imensa casa coletiva, denominada *maloca*. A casa não apresentava nenhuma divisão interna e era o lugar onde os índios habitavam. Era muito parecido com um pequeno estádio de futebol sem as arquibancadas.

Flores e pássaros coloridos enfeitavam a aldeia indígena, conhecida por taba. Um perfume muito agradável pairava no ar.

Os aborígines, altos e fortes, tinham pele brilhante de tom pardo--avermelhado. Os cabelos, negros e lisos, eram curtos, e a franja pendia sobre a testa. A face lisa, sem nenhuma barba ou outro pelo qualquer, pois, se houvesse algum sinal de penugem, esta deveria ser arrancada uma a uma, incluindo as sobrancelhas. Vestiam uma tanga de couro ou tramada em fibras naturais, deixando o torso nu. Alguns pintavam o corpo inteiro, alternando listras verticais com formas geométricas simétricas: triângulos, retângulos e círculos, todos feitos com cores vivas: vermelho (do urucum), amarelo (do ocre) e verde (do sumo das folhas). Os tons alegres eram contornados por um preto retinto (do jenipapo), que chegava a brilhar sob o sol intenso. Os homens, na sua maioria, também usavam botoques nas orelhas, contudo muito maiores do que os do pequeno índio; os buracos em suas orelhas eram tão grandes, que por ali uma das crianças poderia enfiar a mãozinha.

Já as índias tinham igual cor de pele e longas madeixas, aparadas acima das orelhas, e desciam até às costas, presas e enfeitadas com penas e flores perfumadas. Tinham o torso totalmente nu e usavam apenas um saiote (araçoia) feito de fibras de palmeira e contas coloridas, ou de penas multicolores, geralmente extraídas de araras. Com exceção das mais novas, quase sempre carregavam um bebê índio (curumim) no colo e conduziam outros ao redor delas.

Vaidosas, eram perfumadas e usavam muitos colares de contas e sementes, brincos de sementes de vagem, ovais e lustrosas, pulseiras de penas e pelo de macaco, além de tornozeleiras de cordinhas coloridas nas quais prendiam pequenos chocalhos (*txininis*). Algumas exibiam os cabelos levemente azulados, por conta de certa seiva que passavam. Aquelas mechas azuis muito lhes agradavam.

O menino índio seguiu para o centro da aldeia – a praça da taba, conhecida por ocara. Os trigêmeos o acompanharam, com os olhos ardendo por causa da luminosidade intensa presente naquela clareira aberta na floresta. Do outro lado viram uma índia mais velha correndo em direção do novo amigo de Sarah, Jane e James. Ela gritava:

– Kawê! Kawê! – e abraçou o Curumim com força. Kawê deve ser o nome dele, deduziu James.

– Que lugar diferente! – exclamou Jane, olhando ao redor.

– Tem a forma do Coliseu – comparou Sarah.

– É o coliseu de palha – afirmou Jane, irônica.

Enquanto isso, Kawê falava com Watá-Puera, a mulher que veio abraçá-lo. Era sua mãe. Watá-Puera, que significa "esbelta ao andar", abaixou-se, pois é assim que as índias da floresta conversam com seus filhos – ajoelhadas ou acocoradas, para ficarem do mesmo tamanho e escutarem com carinho tudo o que as crianças têm a dizer.

Kawê contava à mãe sobre as crianças semelhantes que encontrara na floresta. Ficara impressionado, pois eles eram da cor da mandioca! A mandioca tem uma fina casca marrom escura por fora, mas seu interior é branco como leite. A mandioca é muito utilizada pelos índios, constitui a base de sua alimentação, equivalendo ao arroz para a sociedade brasileira em geral. Geralmente é cozida ou fazem farinha dela, além de uma série de outros alimentos e até bebida fermentada e embriagante, chamada cauim (uma espécie de cerveja).

– Eu acho que ele está falando da gente – disse Sarah, com cara de desconfiança e receio.

– Parece mesmo. Aquela índia não para de olhar para cá.

– Olhem! Há um monte deles vindo em nossa direção. Estou ficando com medo! – disse Jane, segurando a mão do irmão com força.

Os índios da aldeia, crianças e adultos, fizeram um círculo em volta deles. Falavam coisas incompreensíveis para os trigêmeos. Todos admirados, queriam tocá-los ao mesmo tempo. Passavam as mãos pelo corpo como se quisessem ver se não estavam pintados de branco, puxavam os cabelos para ver se eram de verdade. Jane, assustada, deu um grito:

– Parem!!!

Os índios se afastaram, assustados.

– Jane, o que você fez?! Eles só estavam nos acariciando!

– Ah, Sarah, eu fiquei com medo!

– Agora, parece que quem está com medo são eles – disse o irmão, notando o rosto assustado dos nativos.

Watá-Puera, mãe de Kawê, se aproximou dos trigêmeos e se ajoelhou na frente deles, perguntando, em língua incompreensível, se sentiam fome e sede. Sarah indaga:

– Por que ela está ajoelhada? – Será que eles acham que somos deuses?

– Não, acho que é só para ficar da nossa altura – deduziu James.

– Acho que ela está perguntando se temos sede e fome – disse Sarah, observando com atenção os gestos da mulher.

A mulher levava as mãos juntas à boca como se carregasse água; depois passava a mão sobre a barriga e levava até à boca. Sarah respondeu, fazendo os mesmos gestos.

A índia, então, levou-os à parte coberta da aldeia e fez com que se sentassem no chão de terra batida. Tirou água fresca de um grande pote de barro, serviu em cabaças e deu às crianças. A cabaça, ou porongo, é uma planta trepadeira, parecida com a aboboreira, que dá um fruto cuja forma é muito semelhante à de uma garrafa bojuda. Depois que o fruto seca, fica oco por dentro e a casca endurece, transformando-o, depois de ser aparado no alto, em uma garrafinha. Cada um dos trigêmeos ganhou uma cabaça cheia de água. Os índios também cortavam as cabaças ao meio, fazendo cuias, que serviam de recipiente ou prato para comer.

Watá-Puera, notando que os trigêmeos estavam sujos e malcheirosos, disse algo ao filho. Este pegou a mão de James e fez-lhes um sinal dizendo para o acompanharem até o riacho, ali perto, aonde chegaram. Kawê entrou na água e começou a se esfregar e enxaguar; em seguida, gesticulou parecendo convidá-los a fazer o mesmo. Os três entraram na água vestidos.

Watá-Puera acabara de assar um peixe no forno de barro. O peixe foi posto sobre folhas de bananeira e servido com farinha de mandioca.

– *Tambaki... Pirá katu*! ("Tambaqui... Peixe bom!") – disse ela, empurrando as cuias com a comida.

Apesar de sem sal, pois os índios não o utilizam, o saboroso alimento foi comido depressa pelos famintos trigêmeos. Depois, cada uma das crianças da taba trouxe para eles, de presente, frutas da mata que eles nunca tinham visto até então, como o araçá, a jabuticaba, o murici, o abacaxi (*ibakati*), a goiaba, a banana (*pakoa*), a mangaba, a pitomba e a carambola, uma fruta de cinco pontas! A maioria estava muito saborosa e suculenta, mas havia algumas bem ácidas, de fazer careta! Os índios adoram frutas, mesmo as azedas! Até mesmo as criancinhas mais novas comem de bom grado as frutas azedas, as mais ácidas.

Os trigêmeos se regalaram e, exaustos com tudo por que tinham passado, adormeceram sobre confortáveis redes, tecidas com finas cordinhas de fibras de folhas da floresta. Um leve balanço embalava seus sonhos de voltar para casa...

Dormiram bastante, vigiados pelos olhares curiosos dos índios, que nunca haviam visto três crianças tão diferentes deles e tão parecidas entre si.

No fim da tarde, o barulho de uma chuva fina acordou James. Ele ficou olhando as gotas atingirem o chão de terra cor-de-rosa da aldeia. Um cheiro agradável de terra, folhas e madeira molhada perfumava o ambiente.

Não demorou muito, as meninas acordaram também. Ficaram todos admirando a chuva, que veio refrescar o calor intenso. Uma brisa suave balançava os cabelos úmidos e gotículas de água umedeciam suas faces. A chuva delicada acabou dando lugar a um belo entardecer. Insetos cantavam, recepcionando a noite. Kawê apareceu com um sorriso nos lábios.

– Kawê! – disse James, sorridente, ao pequeno índio.

– Kawê – repetiu o menino índio, batendo a mão no peito.

– James! – disse o outro, apontando o dedo para si mesmo.

– Jame – falou Kawê, batendo a mão no peito do outro.

– Sim, Kawê, meu nome é James.

– Jame, Jame, Jame – repetiu o Curumim, batendo a mão em cada um dos trigêmeos.

– Ele acha que todos nós somos James? – disse Jane.

– É porque somos trigêmeos. Vai ver, ele pensa que os nomes são iguais também – ponderou Sarah.

– Então vamos ensiná-lo! – resolveu Jane, que bateu a mão no peito, olhou para Kawê e repetiu o nome dela. Sarah fez o mesmo.

Até que Kawê aprendeu facilmente que cada um tinha um nome.

A noite foi caindo e o céu se encheu de estrelas. Os índios acenderam uma grande fogueira e todos se sentaram ao redor dela, para comer, beber e dançar. Um grupo de músicos executava uma harmoniosa música, entremeada de cânticos de crianças em coro.

Interessantes instrumentos compunham a singular orquestra: um apito feito de crânio de veado, flautas de bambu, de diversos tamanhos, longas trombetas, confeccionadas com finos caules de palmeira. A percussão rítmica ficava por conta de várias carapaças de tartarugas ou jabutis.

Todos dançavam felizes, ao som da alegre música. Até mesmo os trigêmeos, que, apesar das saudades de casa, sentiam-se gratos, principalmente por terem sido salvos por Kawê.

Divertiram-se até a fogueira se apagar. Na penumbra, Kawê os conduziu até a oca onde as crianças dormiriam. A tribo calou. Não se ouvia mais ruído de gente. Mesmo assim, os garotos não conseguiram dormir. Seus pensamentos estavam longe: saudades de casa, dos pais, da terra natal. Foi nesse momento que uma luzinha se acendeu na ponta do nariz de James. A claridade azulada cintilava intensamente. O menino, assombrado, deu um salto da rede.

– O que foi, James? – perguntou Jane.

– O meu nariz ascendeu!

– Rá, rá, rá! – riu Jane, incrédula, até que na ponta do seu dedão do pé brilhou uma luz vermelha. – Nossa! O que é isso?! – espantou-se a menina sacudindo o pé e apagando a luz.

– Será que foi alguma coisa que comemos? – arriscou James ainda segurando a ponta do nariz.

– Ri, ri, ri! – ria Sarah, baixinho.

– Do que você está rindo? Não é você que está brilhando, né?! – enfezou-se Jane.

– Como vocês são bobos! Não são vocês que estão brilhando, são os vaga-lumes!

– Vaga-lumes azuis e vermelhos? – admirou-se James.

– Sim! Eu li uma vez num livro.

– Vejam, acendeu outra vez! – disse James, perseguindo o ponto luminoso que pairava no ar.

Os trigêmeos já conheciam os insetos luminosos, contudo os dali pareciam cintilar mais intensamente, e em cores diferentes. Foram atraídos pelo ponto luminoso até o centro da oca. James tentava capturá-lo, mas o inseto voou e sumiu. Ficaram os três parados, observando o céu repleto de estrelas.

– Vejam, uma estrela cadente! – apontou Jane para um ponto luminoso que se movia. – Uma, duas, três, quatro, cinco! – continuou ela a contar as estrelas que caíam.

Parte do céu parecia estar desabando de tanto cair estrelas! Na realidade não eram estrelas, e sim uma nuvem de vaga-lumes que pousavam nas copas das árvores da floresta escura. Os insetos vinham em direção da aldeia.

– Que estrelas, que nada, são milhares de vaga-lumes! – constatou Sarah, maravilhada com as luzes em movimento.

Centenas de pirilampos rodopiavam luminosos em torno das crianças fascinadas. As luzes cintilavam em vivas cores azuis, vermelhas, esverdeadas e claras. Os insetos luminescentes evoluíam em estranhos movimentos sincronizados, como silenciosos fogos de artifício num fantástico espetáculo.

– Nunca vi nada tão lindo! – disse Sarah, encantada com as luzes que a cercavam.

– Veja, Sarah, Jane está até parecendo uma árvore de natal! – brincou James, apontando para a irmã que tinha o corpo contornado de pontos luminosos.

– Parece até que estou coberta de brilhantes! – disse Jane, admirando o brilho dos insetos.

– Jane, a rainha das selvas – brincou James.

– Devo ter sido mesmo a eleita, pois os bichinhos só pousam em mim. – disse ela, cheia de importância e fazendo pose de realeza.

Contudo, a pose solene logo foi desfeita aos pulos! Um vaga--lume atrevido entrou pelo nariz da menina, que se pôs a gritar desesperadamente!

A gritaria foi tanta, que os índios logo despertaram. Ficaram igualmente amedrontados com a presença dos inocentes bichinhos, pois consideravam--nos perigosos. Alguns índios mais corajosos começaram a espantar a nuvem luminosa, usando folhas de coqueiro. Os insetos logo se dissiparam, para alívio de todos. O único restante jazia preso no nariz de Jane, que iluminava de vermelho tudo ao redor. Os índios nem se aproximaram de medo, inclusive Kawê. E os irmãos riam da menina iluminada.

– Parem de rir! – pediu Jane, em lágrimas.

– De Jane, a rainha das selvas, à rena do Papai Noel! – debochou James.

– James, vamos deixá-la em paz. Jane, você está conseguindo respirar? – perguntou Sarah, que finalmente conseguiu conter o riso.

– Sim.

– Está doendo?

– Não, só está... só está brilhando, oras!

– Nós não podemos retirá-lo, tente assoar forte. Não deu? Então só nos resta esperar que uma hora ele saia daí.

– É porque não é com você, Sarah! Veja como os índios me olham!

– Jane, vamos tentar dormir, assim você dará aos índios a impressão de que está tudo bem.

– Está bem, você tem razão, eu vou tentar.

– Difícil vai ser dormir com esta luz acesa! – caçoou James.

Deitaram-se na rede e logo adormeceram. Os nativos, percebendo que as coisas se acalmaram, também foram se deitar. Tudo voltou ao mais profundo silêncio.

Amanheceu na floresta. No horizonte, o sol levantou-se, despertando a todos. As aves, logo cedo, encheram a selva de vozes – principalmente um pássaro chamado *tuixiriri* (periquito). É uma pequena ave coberta de penas verde-claras, vive em grandes bandos, que são muito barulhentos; emite sons parecidos com gritos.

– Que gritaria é essa? – perguntou Jane, se espreguiçando.

– São pássaros verdes em bando – disse James, que já estava de pé, observando as aves no alto de uma árvore.

– Vocês dormiram bem? – perguntou Sarah, bocejando.

– Estava tão cansado. Dormi como uma pedra! – falou James, esticando os braços.

– Pois eu não dormi nada. Esta rede é muito desajeitada. Estou toda dolorida! Nunca pensei que fosse sentir falta dos sacos de dormir do papai – falou Jane, com olheiras profundas. – E essa luz no meu nariz também me incomodou a noite inteira...

– Vejamos – disse James fazendo sombra com a mão no nariz da irmã. – Ainda está levemente iluminado.

– A... a... a... atchim! – espirrou Jane com o toque do irmão em seu nariz.

– Agora saiu! – disse Sarah, apontando para o pirilampo que ainda brilhava grudado no catarro da irmã.

– Pobre vaga-lume, que maneira horrível de morrer! – falou James, observando o inseto melecado.

– Ufa! Até que enfim essa coisa saiu, agora sim consigo respirar direito!

– Vejam, meninas, os índios já estão todos de pé.

– Será que eles já prepararam o café da manhã? – arriscou Jane, passando a mão na barriga.

Watá-Puera apareceu e puxou as garotas pela mão.

– Ei! Aonde vocês vão? – perguntou James.

– Não sei. É ela que está nos puxando – disse Jane, apreensiva.

– James! – gritou Sarah, sendo arrastada pela índia e vendo o irmão ficar para trás.

Quando James ia socorrê-las, foi agarrado por outro índio, que o levou na direção oposta. Kawê estava junto. Os trigêmeos ficaram assustados com a separação. Mas isso é uma coisa natural na tribo. Todos os dias, logo cedo, os homens saem para caçar a comida do dia, e as mulheres vão buscar água.

– Para onde estão nos levando, Sarah?

– Não sei! Estou preocupada com James. Ele ficou sozinho...

Durante a caminhada, aproximaram-se duas indiazinhas sorridentes, cujos saiotes eram enfeitados de penas coloridas. Queriam fazer amizade com Jane e Sarah. As duas procuraram corresponder à simpatia das anfitriãs. Sarah tentou dizer-lhes seus nomes, mas as indiazinhas sinalizaram que já sabiam. Então, uma delas apontou para si mesma e falou:

– Potera-Suikira ("Flor Azul") – em seguida, apontou a outra, que se apresentou:

– Uirá-Poranga ("Pássaro Bonito").

Jane e Sarah gostaram das indiazinhas. Abraçaram-nas e beijaram-lhes as faces, e elas retribuíram do mesmo modo.

Depois de caminhar por algum tempo na mata, as índias pararam à margem de um pequeno rio. Deram a cada uma das meninas uma cabaça para que enchessem de água. As índias adultas encheram potes de barro (*camucins*) e retornaram para a aldeia, equilibrando-os sobre a cabeça. Só nesse momento as gêmeas inglesas perceberam que se tratava simplesmente de buscar água. Fizeram o percurso várias vezes, até que todos os potes grandes da aldeia ficassem cheios de água fresca. Depois disso, retornaram ao riacho. Em suas margens, as mulheres também cuidavam das plantações. Algumas semeavam milho, outras colhiam frutos e extraíam raízes comestíveis, como mandiocas, inhames e carás. Jane e Sarah ajudaram em tudo o que podiam: usando uma espécie de pá (semelhante a um remo), arrancaram mandiocas e, depois, colheram frutinhas, que mais tarde seriam transformadas em tintas para pintar o corpo.

Com os cestos cheios de frutas e raízes até à borda, retornaram à taba e lá permaneceram durante toda a manhã. Aprenderam com as índias adultas a trançar talas de *takwara* (bambu) para cestos e peneiras e a confeccionar colares e outros enfeites com sementes, pedrinhas e penas coloridas. Jane tentava ensinar a elas seu nome, repetindo várias vezes: – "Eu Jane". E em um momento alguém finalmente pareceu ter aprendido:

– Jane! Jane!

– Sim, meu nome é Jane. Quem conseguiu aprender? – perguntou, olhando para os lados à procura da índia que a chamou. Olhou ao redor, mas não viu ninguém.

– Jane! Jane!

– Mas quem é que está me chamando?

– Rá! Rá! Rá!

– Do que você está rindo, Sarah?

– Olhe ali quem está falando!

Era um pássaro verde, pousado no ombro de uma índia.

– Eu Jane! Jane! Meu nome é Jane! – repetia o pássaro verde, maior do que o periquito e de bico recurvo.

– Finalmente, alguém fala nosso idioma nesta aldeia! – desabafou ela, rindo com Sarah.

Vendo que a menina gostara do pássaro, a índia o deu de presente. O surpreendente pássaro logo se alojou nos dedos de Jane. Tombou a cabecinha, encarava sua nova dona e continuou palrando.

– Ajuru! Ajuru! – dizia a índia, apontando para o falador.

Era um papagaio, ave espalhada por todo o Brasil, que aprende com facilidade a repetir vozes e sons em geral. Além disso, os papagaios são animais muito carinhosos e gostam de cafuné. Jane adorou o presente.

Na aldeia, quase todos tinham bichos de estimação, ou mascotes, denominados xerimbabos, principalmente pássaros e macacos. Algumas índias até amamentavam filhotes de macacos que se haviam perdido da mãe na floresta. Jane e Sarah, por sinal, estranharam bastante quando viram uma índia amamentando um indiozinho num seio e, no outro, um macaquinho preto guloso!

Por volta do meio-dia, os homens retornaram da caça. James voltou correndo e deu um abraço forte nas irmãs.

– James! – gritaram as duas ao mesmo tempo.

– James! James! – repetiu também o papagaio.

– O que é isso?

– É um ajuru, o pássaro falante que eu ganhei. Diga "Oi, James!" Vamos! "Oi, James!" "Oi, James!" – insistia ela.

– Oi, James! Oi, James! – repetiu o papagaio, com voz grave.

– Rá! Rá! Rá! – riram os três ao mesmo tempo, sendo imitados pelo bicho.

– Você já deu um nome a ele, Jane? – perguntou James.

– Não. Ainda não pensei nisso.

– Que tal Chatty?

– Até que não é mau, Sarah... – e Jane o batizou:

– Você vai se chamar Chatty Parrot ou apenas Chatty, por ser falador, tagarela!

– Chatty! Chatty! – repetiu o papagaio, fazendo todos rir.

– O que vocês fizeram durante esta manhã? – perguntou James.

– Primeiro, fomos buscar água; depois, cuidamos da plantação e, por fim, começamos a aprender a fazer colares, cestos e peneiras – respondeu Sarah.

– E você? Aonde os índios o levaram? – perguntou Jane.

– Fomos pescar.

– E como os índios pescam? – perguntou Sarah.

– Aposto que é com lanças – tentou adivinhar Jane.

– Não, eles não pescam com lanças ou varas de pescar. Eles até têm varas e lanças, mas preferem um jeito mais prático. É incrível o que eles fazem! Primeiro, fomos a um pequeno lago de águas tão cristalinas, onde se podiam ver os peixes nadando, centenas de peixes de todos os tamanhos, formas e cores. Então os índios cortaram um pedaço de cipó, chamado timbó, e, depois de amassá-lo com seixos duros, jogaram-no na água. A seiva do cipó paralisa os peixes por alguns instantes. Aí é só escolher qual se quer pegar! Eu mesmo peguei cinco peixes! Do tamanho que eu conseguia carregar!

– Papai iria adorar pescar aqui! – disse Jane, com tristeza nos olhos.

– Lembrei-me dele na hora em que pescava – concordou o menino, de olhos marejados.

– Eles devem estar tão preocupados! – disse Sarah, suspirando de saudades.

– Nós temos que encontrar um jeito de sair daqui. Os índios devem saber onde há uma cidade ou vila – disse Jane.

– Tem razão. Eles devem ter contato com outros povos – concordou James.

– Talvez não. Eu li que uma tribo de índios foi descoberta há apenas vinte anos: os Yanomâmi – lembrou-se Sarah, cujo passatempo predileto era ler revistas de curiosidades científicas.

– Quer dizer que ainda pode haver tribos desconhecidas?

– Eu acho que sim. Olhem para eles: tudo o que usam vem da mata. As roupas são feitas com fibras de plantas, peles de animais e penas de pássaros. Não vi nenhum aparelho eletrônico, artefatos de fábrica, faca ou qualquer coisa que lembre os utensílios que usamos. E, pela curiosidade com que nos olham e nos tocam, acho que nunca viram uma pessoa de pele clara...

– Mas todos fazem essa cara de espanto ao olhar para a gente, até mesmo na Inglaterra, por causa de nossa semelhança! – lembrou Jane.

– Jane tem razão, Sarah. Talvez eles saibam uma maneira de sairmos daqui. Vamos ver se conhecem alguma cidade, um povoado, ou algo assim. Cruzem os dedos, pois, se não conhecerem, estaremos presos aqui para sempre!

As crianças vão até Kawê. Todos se sentam no chão, formando um círculo. James começa a desenhar coisas com o dedo no chão de terra fina para ver a reação de Kawê. Desenhou um televisor: o indiozinho não reagiu. Desenhou um carro: Kawê também não se manifestou.

– Desenhe o balão – sugeriu Sarah.

James desenhou o balão que caiu na selva. Kawê respondeu levantando as mãos para o alto e depois abaixou-as fazendo um barulho de explosão: – Braaammm!...

– Ele nos viu caindo! – exultou Sarah.

– Vou desenhar um avião – disse Jane, já esboçando um no chão de terra.

Kawê respondeu, fazendo com a boca o barulho de um avião:

– Rrroooommm!...

– Ele já viu um avião! Estamos salvos! Estamos salvos! – festejou Jane, toda eufórica.

Ao lado do avião, Sarah desenhou uma casa para verificar se Kawê conhecia uma cidade. Ao que ele respondeu, desenhando uma árvore por baixo da casa.

– Essa eu não entendi – estranhou a menina.

– Será uma casa na árvore? – tentou entender James.

Ao lado da árvore e embaixo do avião, Kawê desenhou as águas de um rio.

– É um avião anfíbio, um hidroavião! – concluiu James, todo alegre.

– Deve ser de alguém que mora na floresta – completou Sarah.

– Vamos para casa! Vamos para casa! – festejou novamente Jane.

– Casa! Casa! – repetiu o papagaio Chatty.

James apontou o dedo para si mesmo, depois para Kawê e depois para o desenho no chão, pedindo que Kawê os guiasse até lá. O índio entendeu a mensagem e desenhou um sol nascendo no horizonte.

– O que quer dizer isso? – tentou compreender Sarah.

– Será que ele não vai nos levar? – perguntou Jane, preocupada.

– Acho que está querendo dizer que vai nos levar lá amanhã cedo – deduziu o irmão, olhando atento para o desenho.

Kawê chama Watá-Puera, mostra os meninos e o desenho no chão. Ela se ajoelha e ambos conversam. A mãe abraça o filho com ar de preocupação. O caminho da "casa na árvore" é perigoso. Depois falariam sobre isso. Agora, todos deveriam ir comer. O peixe já estava assado e o palmito descascado. No almoço havia peixe com palmito – a comida favorita da tribo –, além do biju quentinho de mandioca, saído do fogo, e de refresco de coquinhos açaís, produzidos por uma palmeira chamada juçara.

Mais um dia se passava com nossos pequenos heróis na floresta. Depois do almoço, o calor da tarde dava uma moleza em todos. Ou as pessoas iam dormir na oca, a casa de folhas e capim dos índios, ou à sombra de alguma árvore da mata. Com os trigêmeos, não foi diferente: ficaram todos moles de calor. Até os bichos da selva pareciam sentir preguiça e tudo silenciava. Até que, mais à tardinha, sempre à mesma hora, nuvens grandes, cúmulos, começavam a se formar no céu, escurecendo em nimbos e baixando sobre a natureza. Os insetos começavam a trilar, pipilar e chilrear novamente, como a chamar a chuva, que não demorava a desabar. Eis quando Watá-Puera gritou para os meninos:

– *Rendira-mirim! Kuñã-mirim-aitá! Ô-amana mahá! Iuri-pé pupê kurutê!* ("Filhinho! Meninas! Vai chover! Venham para dentro depressa!")

– *Iá-su kuore ce ci!* ("Nós já vamos, minha mãe!") – exclamou Kawê, a correr com eles.

A chuva caía e o ar se refrescava; pessoas e animais se alegravam novamente. Em instantes, as nuvens desapareciam e o céu voltava a ficar azul. Todos os dias eram assim na floresta: chovia todo dia, à mesma hora, entre às três; e às quatro da tarde, tanto que os índios costumavam combinar as atividades tendo como referência: "antes da chuva" e "depois da chuva".

À noite, os mosquitos atacavam, surgiam nuvens de piuns e muriçocas (mosquitos hematófagos) para picar e sugar o sangue de todos, mas os índios tinham solução para tudo: acendiam fogueiras e nela queimavam fezes secas de macacos, cuja fumaça espanta esses insetos.

Foi mais uma noite de cantoria e de danças. Contudo, os trigêmeos estavam apreensivos, não sabiam se Kawê os levaria até a "casa na árvore". Nem o que era na realidade a tal "casa na árvore". E se tivessem entendido errado o que Kawê dissera e gesticulara? Sentindo falta de casa, dos pais e de Londres, cada um dormiu chorando baixinho em sua rede.

Raiou o dia. Bem cedo, James, Jane e Sarah foram acordados por Kawê. Percebendo a tristeza das crianças, Watá-Puera permitiu que Kawê os levasse à "casa na árvore".

– O que você quer, Kawê? – sinalizou James, se espreguiçando.

Kawê desenhou para ele, no chão, a "casa na árvore" e disse:

– *Oka opé ibira.*

– Meninas, levantem-se! Levantem-se!

– O que foi, James? Isso é jeito de acordar alguém? – disse Jane, mal-humorada.

– Kawê vai nos levar à "casa na árvore"!

– O quê?! Finalmente, vamos poder voltar para casa! – disse Sarah, abraçando os irmãos.

Sob as ordens do Tuxawa Mañanara ("Cacique Guardião"), que ostentava seu cocar de grandes penas, todos da taba se mobilizaram. A viagem que enfrentariam não seria fácil. A "casa na árvore" ficava muito distante. As índias fizeram colares vistosos para as meninas e pintaram seus rostos com uma tinta vermelha extraída das sementes de urucum. James ganhou um cocar com lindas penas azuis, vermelhas e amarelas. Kawê pintou o corpo de preto e traçou também listras verticais vermelhas: estava vestindo-se para a guerra!

Watá-Puera deu ao filho um arco com várias flechas: *kurabis* são flechas de guerra, têm a ponta feita de madeira dura ou de espinha serrilhada das arraias e têm curare (veneno vegetal). Já as de pescar são diferentes: possuem as pontas confeccionadas de ossos de macacos com uma farpa para fisgar o peixe. Existem outras também, especiais para aves, feitas de madeira leve com penas na parte de trás, o que as torna mais velozes. Deu também a Kawê um estojo de bambu, no qual estavam guardados e bem protegidos da água e da umidade os apetrechos de fazer fogo: dois pauzinhos de cacaueiro secos, que, se friccionados, produziam faíscas. Com esse simples material o fogo logo era aceso.

Watá-Puera entregou a cada um, um cesto de vime, preso às costas como mochila. Nele carregavam farinha de mandioca, peixes defumados, uma cabaça com água e uma machadinha de cabo de madeira e lâmina de pedra.

Estavam prontos para a viagem. Só faltava a aprovação do Pajé Saiçuaba (Sacerdote-Curandeiro, "Homem Amado"). Vestia um manto confeccionado de pequenas penas ruivas e trazia à cabeça um cocar colorido e, ao pescoço, colares e amuletos. Parecia ser muito sábio e conhecer a floresta a fundo.

Ergueu as mãos para o alto e fez uma oração pedindo que Tupã (Deus Supremo) e os Anga-Katuaitá (os bons espíritos) os acompanhassem e protegessem. Nesse instante, uma brisa fria soprou da floresta e atravessou a aldeia, como que anunciando a resposta do mundo celestial. Todos sentiram um arrepio, da cabeça aos pés.

Saiçuaba ajoelhou-se diante de Kawê e disse em *ñeengatu*:

– Kawê, chegou a hora de você provar que é um índio forte e guerreiro! As três crianças brancas precisam de sua ajuda para retornar ao seu mundo.

– Eu sei, Pajé – respondeu o menino. – Consigo ver a ansiedade nos olhos delas. Se ficarem aqui, morrerão de tristeza.

– Kawê, você já mostra a nobreza dos grandes guerreiros, ao ser solidário com a dor das crianças brancas. Mas só isso não basta! O caminho à "casa na árvore" é cheio de perigos. O traiçoeiro *yawara* (jaguar, onça) e a pérfida *mboyaçu* (cobra sucuri) estão sempre à espreita, para devorar os imprudentes.

– Eu sei, Pajé, por isso, levo meu arco e minhas flechas.

– Nos rios, cuidado com as *pirañas* (piranhas). Elas devoram um homem num piscar de olhos! – alertou Saiçuaba.

– Eu sei usar o cipó paralisante, o timbó.

– E os mosquitos? A picada de um mosquito pode ser muito mais peçonhenta que a de uma cobra! – lembrou o Pajé.

– Kawê também sabe os segredos das ervas para espantar mosquitos.

– Até agora, esses foram os perigos menores. E você sabe muito bem como se livrar deles. Agora falo dos grandes perigos. E Mapinguari? O que você sabe sobre ele?

– O Mapinguari é um monstro da altura de um homem, tem o corpo coberto por pêlos cinzentos, um só olho na testa e a boca no umbigo. Ele também é muito forte e fedorento!

– E do que o Mapinguari tem medo?

– Do Aí, o bicho-preguiça! – respondeu Kawê rapidamente.

– E o Curupira? Se ele estiver por perto, o que fazer?

– Kawê não sabe o que fazer para espantar o Curupira, o demônio que diz proteger a mata, que anda com os pés para trás e que vive batendo nos índios! O Pajé pode ajudar?

– É fácil iludir o Curupira. Basta que abandone, pelo caminho, belas penas de pássaros. As penas confundem o Curupira, e ele para de persegui-lo.

– Kawê está preparado. Kawê pode ir, Pajé?

– Vá, Kawê, e ajude seus amigos! Que os espíritos da floresta os protejam e guardem!

Kawê vai até a mãe.

– Mãe, já é hora de partir.

– Vá, meu filho! Que Jaci (a Lua) e Coaraci (o Sol) o vigiem por mim.

– Prometo que voltarei logo! – despediu-se o pequeno índio, dando um forte abraço na mãe.

– Watá-Puera tem um presente para Kawê! – tirou de dentro de um cesto um filhote de bicho-preguiça.

– É um Aí, mãe! – admirou-se ele, segurando o bicho, que logo o abraça.

O bicho-preguiça é um animal arborícola muito dócil e lento; tem pêlos cinzentos, macios e uma carinha de bebê. Não há quem não tenha vontade de dar um abraço apertado num bicho-preguiça. Ele tem esse nome porque é tão vagaroso, que parece mover-se em câmera-lenta.

– É para proteger do Mapinguari. Agora, vá! Quanto mais cedo você partir, mais cedo voltará. E lembre-se sempre dos conselhos do Pajé Saiçuaba.

Enquanto os dois conversavam, Sarah ficou observando, encantada, o bicho-preguiça. Achou-o engraçadinho:

– Eu também vou batizar um bichinho. Este, em homenagem à sua lentidão, vai se chamar Quick Sloth... Vocês concordam?

James e Jane deram uma boa gargalhada, pois acharam criativo o nome dado, que significava: "Preguiça Veloz".

Kawê acena para os trigêmeos, chamando-os para partir. Os índios ovacionam, até que alguém chama:

– Jane! Jane!

– Quem está me chamando?

– É Chatty, o seu papagaio, Jane! Você vai deixá-lo? – perguntou Sarah.

– Vou. Tenho receio de que ele voe e se perca na mata.

Enquanto ela se explicava aos irmãos, o travesso pássaro se libertou da pequena trança de fibra que o segurava e voou para o ombro de Jane.

– Vamos! Vamos! – gritou o ajuru.

– Vamos, Chatty! Vamos para casa! – conformou-se a menina.

Kawê e os trigêmeos saíram da aldeia e desapareceram nas sombras. Muitas surpresas os aguardavam.

CAPÍTULO 4

As quatro crianças seguiram floresta adentro. À frente ia Kawê, abrindo caminho pela mata com sua machadinha de pedra polida, seguido de James, que não perdia nada de vista. Observava tudo o que Kawê fazia. Atrás, vinham as meninas: Jane, com Chatty a mexer nos longos cabelos dela, e Sarah, a carregar o bicho-preguiça no colo.

– Não estou aguentando mais esses mosquitos! – resmungou Jane, dando tapinhas na própria cara.

– Você está com o rosto todo vermelho! Só não sei se é por causa das picadas de mosquito ou dos tapas que você mesma se dá – brincou Sarah.

– Eu fico tentando matar esses mosquitos, mas não adianta! Eu mato um, aparecem dez!

– Olhe, Jane! – Formigas de bunda grande! São quase do tamanho de uma bala!

– *Mañuaraçu-tuba* (trilha de grandes formigas-saúva) – explicou Kawê.

– São vermelhinhas! – diz Sarah, que se abaixou para observá-las de perto.

Um exército de formigas atacava um arbusto, logo à frente delas, picotando com suas fortes mandíbulas as folhas da planta. As meninas pararam para observar por alguns instantes as formigas, que, naquele trabalho frenético, liquidariam em pouco tempo as folhas verde-claras do vegetal.

– Uau! Viu isso, Jane? Estão acabando de devorar o arbusto!

– Sorte a nossa que parecem ser vegetarianas. Existem formigas carnívoras?

– Jane, mas que neurose é essa? Sempre com medo de ser devorada por alguma coisa! Se bem que acho que existem formigas carnívoras... – recordava-se Sarah de ter lido em algum artigo científico.

– Não quero nem pensar! Acho que estou realmente ficando paranoica, Sarah!

– James, você tem que ver isso. James? James?! Não consigo vê-los... Para onde foram, Jane?

– Não sei! Estavam bem ali. Paramos apenas um minuto para ver as formigas e... Sarah, nós os perdemos! E agora?! O que faremos nós duas sozinhas nesta floresta?! Sem eles estamos perdidas! Vamos virar comida de bichos! Sei que vamos!

– Calma, Jane! Fique calma! É só seguirmos a trilha, que alcançaremos os dois – ponderou Sarah, que estava menos nervosa que a irmã.

– Trilha? Mas que trilha?!

– Ora, Kawê e James estavam abrindo uma trilha à nossa frente. E só seguirmos por... por... – titubeou Sarah, a olhar ao redor e perceber que, no meio daquele matagal todo, não seria fácil achar a trilha que os meninos haviam aberto.

– Não lhe disse? As folhas parecem estar todas em seus devidos lugares... Não vejo rastro algum de James ou de Kawê.

– É só fazermos como nos filmes: basta procurarmos por galhos quebrados e folhas cortadas recentemente... Isso indicará o caminho!

Jane não demorou a descobrir que a realidade da floresta era bem diferente da dos filmes. A quantidade de plantas ao seu redor era tamanha, que dificilmente conseguiria encontrar o último galho cortado por Kawê, sem falar nos inúmeros galhos da mata quebrados por macacos, preguiças, onças e outros tantos animais que habitam a floresta. Sarah, ao ver um galho de árvore partido, pendendo do caule, imaginou que fora cortado por Kawê, o que não era verdade. Era sim obra do vento ou de animais. A imaginação de Jane foi mais longe; ela viu, entre as folhas caídas, mais rastros que na verdade não existiam: era apenas a natureza que amontoara as folhas de tal maneira que insinuavam um caminho ou um rastro. Certa de que havia encontrado o caminho, Sarah saiu exatamente na direção contrária à dos meninos, levando Jane, Chatty e Quick Sloth consigo.

À medida que seguiam, a mata ia ficando menos densa, e as plantas rasteiras e medianas, mais raras, até que desapareceram por completo, deixando as garotas sob imensas árvores, cujas copas vedavam praticamente toda a luz. Sobre o solo, apenas um macio tapete de folhas, cuidadosamente estendido.

Árvores com raízes aéreas pendiam das altas copas, algumas de troncos enrugados e repletos de nódulos, outras tão lisas e brilhantes, que pareciam ter sido lustradas; havia também as árvores recobertas de espinhos pontiagudos. Nas copas, outro mosaico: folhas largas e longas, curtas e redondas, algumas foscas, outras brilhantes, algumas aveludadas, em infinitos matizes de verde, numa variedade difícil de definir: verde--claro, verde-escuro, verde-limão, verde-azulado... Naquele ponto, a floresta também era quase silenciosa. Sarah, já cansada como a irmã de tanto andar sem rumo, resmungou:

– Será que nos afastamos deles tanto assim?!

– Não sei... A trilha sumiu! Agora são folhas por toda parte! E, pior, todas elas parecem pisadas! Estamos perdidas, Sarah! Perdidas! Perdidas!

– Perdidas! Perdidas! – gritou também o papagaio.

– Calma, Jane!

– Calma?! estamos perdidas numa floresta imensa, rodeadas de todo porte de animais e insetos e, ainda por cima, sem água! – queixou-se a menina, que, antes de terminar a frase, sentiu uma gota d'água cair-lhe sobre a testa, gotinha fria e pesada, que precedeu uma chuva torrencial que tombou de uma vez. – Mais esta agora! – tornou a queixar-se a menina.

– Ora, mas você não estava se queixando da falta de água? Pois abra bem a boca e aproveite, Jane. Não sabemos quando vamos ter água outra vez – disse Sarah, esticando a língua para tomar a água que caía do céu. Jane a imitou, pois já estava com a boca seca. Chatty adorou a chuva e levava a língua a beber as gotas que escorriam pelo bico recurvo. Para a preguiça, a chuva era indiferente: no seco ou no molhado, ela apenas dormia, abraçada à paciente Sarah.

Tão rápido como chegou, a chuva se foi. Jane e Sarah estavam ensopadas, mas nem por isso sentiam frio; ao contrário, sentiam calor.

– Jane, e agora? O que faremos? – perguntou Sarah, torcendo a roupa ensopada.

– Nós temos duas opções: continuamos andando e vemos onde vamos parar, ou esperamos que os garotos nos encontrem.

– Eu acho melhor esperarmos aqui. Kawê não vai ter dificuldade em nos encontrar.

– Espero que ele seja melhor nisso do que a gente. Ele tem que ser, afinal nasceu aqui, deve saber encontrar qualquer coisa na mata.

– Espere! Ouviu isso? – disse Sarah de orelhas em conchas.

– O quê?

– Parece que há alguém pisando nas folhas.

– Devem ser Kawê e James.

– Não, Jane. Parece que estamos sendo observadas.

– O que será? Será um puma?

Pelo barulho das pisadas, fosse lá o que fosse, parecia estar andando a passos lentos ao redor delas. As meninas se abraçaram, trêmulas. O ruído pareceu multiplicar-se: vinha agora de toda parte. Não conseguiam ver nada, apenas perceber que o ritmo foi aumentando; as pisadas se aproximavam...

– Jane, está chegando!

– Eu sei e, seja lá o que for, são muitos! Vou contar até três. No três, saímos correndo, de mãos dadas, para não nos perdemos. Está bem?

– Tudo bem! – respondeu ela, respirando fundo.

– Me dê a mão – pediu Jane.

– Estão chegando!

– Um, dois, três! Corra, Sarah! Corra!

Saíram correndo, desesperadas, sem nem sequer olharem para trás. Os passos continuaram a persegui-las, agora acompanhados de gritos terríveis. Fosse lá o que fosse, bufava e dava berros pavorosos. As duas nem olharam o que era: apenas corriam o máximo que podiam.

– Jane, não aguento mais! Vou cair!

– Sarah, não! Estão nos alcançando! Corra mais rápido.

Exausta, Sarah caiu ao chão. Jane continuou correndo. Apenas via a irmã ser arrastada aos berros por alguma coisa. Seguiu correndo mais rápido ainda. Contudo, de súbito, pulou à sua frente uma mulher alva, de cabelos brancos, vestida com pele de animal. A mulher era forte, tinha duas vezes a altura de um homem comum. Ela puxou Jane pelos cabelos; o papagaio tentou defender a menina, dando bicadas na cabeça da mulher. Mas as bicadas da frágil ave nem fizeram cócegas na cabeça dura da rústica criatura, que, com um tapa, espantou-a. Chatty voou para o alto de uma árvore, onde permaneceu em segurança.

Em poucos segundos, Jane se viu cercada dessas mulheres selvagens, de longos cabelos presos por uma trança, que atingia a metade das costas. Eram robustas, de tronco, braços e pernas fortes, com os músculos à mostra.

Capturadas, as gêmeas tiveram as mãos amarradas com tiras de couro de cobra. Eram puxadas com violência pelas mulheres, que as arrastavam pela floresta. As meninas mal balbuciavam uma palavra e eram logo repreendidas pelas mulheres. Qualquer tentativa de comunicação era imediatamente interrompida por gritos e por uma varinha delgada de taquara.

Jane e Sarah foram levadas até uma espécie de aldeia. Lá viram centenas de mulheres, parecia que não havia um homem sequer! Uma tribo somente de mulheres!

Ali não existiam ocas. Cada mulher selvagem habitava sua própria árvore. Árvores de larga espessura eram escavadas e um oco se formava, uma espécie de cômodo. Ali guardavam as peles com que se vestiam, armas, arco e flechas, lanças e zarabatanas, esteiras de dormir... Na entrada de cada buraco de árvore, eram presos vários troféus: cabeças de animais mortos (onças, antas, tamanduás), couros e chocalhos de cascavéis e outras cobras, presas e garras de feras, enfim, tudo que pudesse indicar as qualidades da dona da moradia.

Logo depois desse local, havia uma grande clareira e, no centro, erguia-se uma árvore gigantesca, cujas raízes serpenteavam sobre o chão de terra vermelha. De seus tortuosos galhos, pendiam centenas de troféus, como os das árvores menores. As meninas foram atiradas ao pé de uma planta enorme.

Todas as mulheres da aldeia se ajuntaram na clareira de terra batida, a fim de ver as meninas que chegaram. Formaram um círculo em torno delas. Soltavam gritos ritmados, seguidos de batidas nas próprias coxas. Outras batiam estranhos tambores feitos de couro de anta, num ritmo alucinante. As irmãs apenas se abraçavam, entre lágrimas. Foi quando, do alto da árvore central, uma mulher emitiu um brado, fazendo as outras silenciar. Desceu da copa num só salto, batendo os pés com força contra o solo.

Vestia a pele de uma onça-pintada, uma mandíbula aberta de uma cabeça de onça era usada como adorno na cabeça. No quadril um cinturão incrustado de dentes de onça e, no pescoço, um colar feito de garras do felino e de chocalhos de cascavel.

Essa mulher puxou Sarah pelo braço; em seguida abriu-lhe a boca e examinou-lhe os dentes; verificou também os olhos e cheirou-lhe os cabelos. Fez o mesmo com Jane. As garotas, paralisadas de medo e sem fazer a menor ideia do que acontecia, deixaram-se examinar. Depois de observar tão cuidadosamente as meninas, a mulher pareceu chegar a uma conclusão. Então, ergueu os braços para o alto e disse algo, que causou reação imediata nas companheiras. Estas imediatamente começaram a gritar e a dançar, numa atitude que parecia uma comemoração.

As gêmeas foram carregadas e atiradas num cercado de madeira, aprisionadas como animais. Não seria muito fácil fugir dali, nem tanto pela cerca, mal construída, mas sim por causa das fortes captoras.

A essa altura, a tarde já se ia e a noite despontava no horizonte. As mulheres armavam uma grande fogueira e se preparavam para comer, enfiando em longos espetos capivaras, antas e macacos inteiros.

Outras preparavam uma bebida: uma delas trazia uns frutos vermelhos e atirava-os dentro de uma grande vasilha de barro. Outras três, dentro da tigela, cuspiam sobre os frutos, enquanto os amassavam com os pés. O produto final era um caldo grosso que elas bebiam com muito gosto. Aproveitando-se de que as mulheres estavam distraídas, preparando o que parecia ser uma festa ou comemoração, as gêmeas conversaram baixinho:

– Sarah! Sarah!...

– O que foi, Jane? Se elas nos ouvirem conversando, vamos apanhar.

– Não acha que deveríamos tentar fugir? Esta cerca de madeira não é resistente! – disse Jane, balançando um dos paus, que não estava bem fincado no chão.

– Se elas nos virem, estaremos mortas!

– Se ficarmos aqui também! Não notou que elas preparam um jantar?

– E daí? Pelo menos, teremos comida.

– Sarah, nós poderemos ser a comida!

– Tenho medo, Jane! Sabe que não consigo correr rápido. Minha barriga começa a doer aqui do lado – gemeu a menina, passando a mão sobre o abdome.

– Não precisa correr, senão chamará mais a atenção. Temos de sair de fininho.

– Mas já é noite. Como vamos ficar nesta floresta escura?

– Um problema de cada vez, Sarah – disse a irmã, derrubando um dos paus da cerca e se preparando para sair.

– Jane! Jane! Volte! – tentou dissuadi-la Sarah.

Mas a outra saiu agachada, esgueirando-se pelo chão. Sem alternativas e morrendo de medo de realmente se tornar o prato principal, a menina resolveu seguir a irmã e saiu engatinhando como ela. O cercado estava a poucos metros da floresta. O plano de Jane foi bem-sucedido: em poucos segundos, estavam dentro da floresta. As mulheres, ocupadas cada qual com sua tarefa, subestimaram as crianças amedrontadas e não se preocuparam em vigiá-las.

– Não lhe disse, Sarah! Conseguimos! Estamos livres!

– Sim, conseguimos – respondeu, dando um abraço apertado na irmã. – Agora só resta enfrentar a floresta novamente – prosseguiu ela, olhando para a selva escura.

As duas prosseguiram andando sem rumo pela floresta sombria. A única coisa que queriam era distância daquelas mulheres estranhas. Entretanto, perdidas e sem nenhum senso de direção, acabaram por andar em círculos e retornar para o mesmo local.

– Jane, parece que já estivemos aqui.

– É impressão sua, Sarah. Tudo aqui parece ser igual, mas não é.

– Aaaaah!... – gritou Sarah, ao trombar com uma das mulheres.

– Grarrrrrr!.... – rosnou a mulher.

– Acho que ela vai nos comer cruas mesmo, Jane!

A mulher chegava a espumar de raiva. Estendeu os braços fortes em direção às meninas, que fecharam os olhos, esperando pelo pior. No entanto escutaram um barulhinho esquisito, como aquele ruído de *flash* de máquina fotográfica, seguido de gritos de terror. Abriram os olhos, um de cada dez, e viram uma boca sorrindo de satisfação.

– Por acaso, foram vocês duas que perderam estes estranhos bichinhos de estimação? – indagou alguém, mostrando um papagaio e uma preguiça.

– James! – gritaram as duas ao mesmo tempo, pulando em seguida sobre o irmão.

– Mas como você espantou a mulher? – perguntou Jane, intrigada.

– Com esta máquina fotográfica. Os nativos morrem de medo do *flash*. O próprio Kawê levou um tempão para se aproximar de mim outra vez, depois que eu bati um retrato dele. É daquelas instantâneas: vejam a cara da mulherona.

– Nossa! Assustadas elas ficam ainda mais feias! – reparou Jane, olhando a foto da mulher com olhos esbugalhados de susto.

– E onde você arrumou essa máquina? – perguntou Sarah.

– Foi... Espere! Kawê, aonde você vai?

– Está indo em direção à clareira das selvagens! Pare-o, James! – disse Jane, em pânico.

Kawê ficou à espreita na borda da clareira, escondido entre os arbustos. Os trigêmeos também observavam, tentando entender o que ele queria ver. Os olhos de Kawê brilhavam. Apontava para o pulso da rainha das mulheres e repetia sem parar, eufórico:

– *Muirakitã*! *Muirakitã*!

– Mas o que será isso? – perguntou Jane, intrigada.

– Vamos embora! E se elas voltarem?... – disse Sarah.

– Podia ser alguma comida, estou com fome! – queixou-se James. – Mas acho que ele está apontando para uma pulseira com um penduricalho.

A rainha conversava com a mulher que fora fotografada por James. Esbaforida, ela parecia explicar o que havia lhe acontecido. Neste momento, Kawê saiu correndo numa velocidade extraordinária, foi até a rainha e arrancou-lhe bruscamente do pulso a pulseira feita de tiras de couro de cobra.

Todos ficaram quietos, num minuto de pasmo, pela coragem do índio. Tanto os trigêmeos ficaram atônitos como as mulheres. Mas a paralisia durou pouco, porque a rainha, furiosa, soltou um brado, ordenando que todas as suas guerreiras fossem ao encalço do ladrão. Na borda da clareira, as crianças assistiam a tudo: Kawê vinha na direção delas, perseguido por dezenas de mulheres furiosas, que entoavam gritos de guerra e lançavam flechas por toda parte.

– Mas o que ele está fazendo? – perguntou James, ainda tonto com a rapidez dos acontecimentos.

– Tentando nos matar! – respondeu Jane, apavorada.

Kawê pulou no mato e passou ventando por eles. Gritou-lhes alguma coisa e sumiu no mato.

As meninas, sem pestanejar, saíram em disparada atrás de Kawê. James ficou onde estava, na borda da clareira. Planejava espantar as mulheres com a máquina fotográfica. Elas se aproximaram e pararam na frente dele, receosas. A mulher fotografada gritava. Estavam exatamente onde James queria. Já ia disparar o *flash*, mas a máquina não funcionou. A rainha percebeu que havia algo estranho, aproximou-se do menino, e o ergueu pelos cabelos. Tomou-lhe a máquina fotográfica e atirou-a ao chão. Em seguida, levantou James, como se exibisse um troféu. Todas as outras gritavam e gargalhavam.

De repente um clarão! A rainha soltou James, que aproveitou para recuperar a máquina e fugir.

CAPÍTULO 5

– James, aqui! – gritou Jane, indicando o caminho para que ele os seguisse.

As mulheres selvagens, aparentemente, haviam desistido da perseguição. Kawê levou os três irmãos até os destroços de um grande avião caído na floresta, entre árvores, trepadeiras e cipós. Era uma aeronave militar. Na fuselagem estava pintado o emblema de uma espada com duas asas. Na cabina jaziam os esqueletos do piloto e do copiloto, o que deixou Sarah impressionada. Mas Jane conseguiu convencê-la a dormir dentro do avião, caso contrário poderia ter alguns encontros desagradáveis:

– Sarah, aqueles esqueletos estão bem mortos, mas aqui fora as coisas estão bem vivas: jaguares, tarântulas, cobras, insetos, morcegos... – foi enumerando Jane.

– Está bem. Já estou entrando...

Kawê acendeu uma fogueira. James desenrolou um paraquedas e improvisou uma grande e macia cama para todos. As crianças se deitaram, menos Kawê, que ficou em um canto, observando a pulseira que havia tomado da mulher selvagem. Passou longo tempo concentrado, olhando o pingente, uma pedrinha em forma de papagaio.

– O que será que ele tanto olha? – perguntou Sarah, curiosa.

– Parece até que está rezando – disse Jane.

– Mas, afinal, o que é aquele objeto que ele apanhou? – perguntou James, tentando tirar os espinhos que penetraram na sua mão direita, ao se apoiar num espinhento cipó durante a fuga.

– *Muirakitã* – murmurava Kawê, balançando a pedrinha.

– Não adianta nada ficar repetindo isso: "Muirakitantã, Muiraki-tantã", que não fazemos a menor ideia do que significa – protestou Jane.

– É *Muirakitã*! – corrigiu-a James.

– Pois é, *Muirakitã* que seja, não entendemos... – disse ela, gesticulando para Kawê.

– Eu sei que você não entende nada do que eu falo – respondeu o índio, em alto e bom som.

– É, é isso mesmo! Então pare de *Muirakitã* para cá, *Muirakitã* para lá – retrucou a menina, já irritada com a cantilena... Depois, voltou-se para os irmãos e viu os dois boquiabertos e com cara de espanto. – Mas que caras são essas? Parece até que viram fantasmas! – continuou ela, sem perceber o que havia acontecido.

– Jane, você não percebeu?! – disse James gaguejando.

– Percebeu o quê?

– Que eu fiz isso – disse o índio em bom e sonoro inglês.

– Isso o quê? Vocês querem parar com esse negócio de charada! Fez o quê?

– Falei.

– Falou o q... Falou! Ele falou! Falou no nosso idioma! Falou mesmo! Vocês ouviram? – perguntou ela aos irmãos estupefatos, que responderam uníssonos e de boca aberta:

– Hum-hum!...

– Nossa! Que ótimo! Adeus aos desenhos na terra, às mímicas e às encenações! Você entende tudinho que eu falo? – perguntou Jane, radiante.

– Claro!

– E fala tudo que eu falo?

– Também.

– Então o que está esperando? Comece a falar! Tem muito a nos contar, Kawê! – pediu Sarah, com os olhos brilhando de emoção.

– Deixe-me explicar o que eu roubei da Rainha das Amazonas.

– Rainha das Amazonas?! – estranhou Sarah.

– Sim, vocês foram feitas prisioneiras das Amazonas, uma tribo de mulheres guerreiras que toda a floresta teme, dos animais aos índios! Lá não existem homens. Elas habitam a Aldeia das Árvores Furadas e, por não terem maridos, roubam as crianças das outras tribos para criar como suas filhas. É claro que sequestram apenas as meninas.

– E por que elas são tão brancas? – perguntou Jane.

– É uma doença de pele que elas têm. As meninas raptadas, quando lá chegam, logo contraem a enfermidade, tornando-se brancas como elas.

– Então, nós quase viramos Amazonas, Sarah! E íamos desaparecer, porque imagine ficar mais branca do que já somos! E eu, achando que elas iam nos devorar! Nossa! Eu sempre quis perguntar isto: índio come gente?

– Esperem um minuto – interrompeu-a James. – A pergunta mais importante ainda não foi respondida! Vamos colocar ordem nesta história! Como é que você, assim, de repente, sai falando inglês feito um papagaio?

– *Muirakitã*.

– Ih! Voltou a falar enrolado outra vez!

– Não, Jane. *Muirakitã* é o nome disso – explicou, mostrando o pingente da pulseira roubada da Rainha das Amazonas.

– É um papagaio esculpido numa pedra – acrescentou James, olhando de perto o balangandã.

– Quase isso. Na verdade, é uma pedra em forma de papagaio. Ninguém a esculpiu, a não ser a natureza. Foi ela que, durante muitos e muitos anos, forjou nesta pedra a forma perfeita de um papagaio. A estas pedras em forma de bichos damos o nome de *Muirakitã*, que significa pedra-das-amazonas – um amuleto.

– Mas o que tem isso a ver com o fato de você estar falando em inglês? – perguntou Jane, olhando bem de perto o *Muirakitã*.

– Pedras como esta são muito raras e conferem a seus donos os dons especiais do bicho representado.

– No caso do papagaio: falar! – concluiu Sarah.

– Isso mesmo! Com o *Muirakitã* eu posso falar qualquer língua. Eu aprendo e falo qualquer idioma que escuto.

– Extraordinário! – exclamou Sarah, observando com fascinação o *Muirakitã*.

– Mas voltando à história de índio comer gente. Comer alguns comem... – continuou Kawê.

– Nossa! – exclamou James.

– Mas não é o caso de minha tribo.

– Ufa! – suspirou Jane, aliviada.

– Entretanto, algumas comem sim. Só que não para matar a fome: algumas tribos cremam o corpo de seus parentes mortos e, depois, comem suas cinzas com purê de banana, pois, fazendo isso, acreditam que seu ente querido estará presente entre eles. Outras tribos comem seus inimigos capturados na guerra... E agora é minha vez de perguntar! Contem alguma coisa sobre o lugar de onde vocês vieram. Que era o objeto que os trouxe até aqui e caiu na floresta?

– Ah, o balão! É um aparelho que permite ao homem voar. Este avião também. Não é extraordinário? – falou James.

– Onde estamos? – perguntou Jane.

– Na floresta.

– Não, em que país? – tentou James.

– País? Minha tribo, você quer dizer? Na floresta há Tukanos, Yanomamis e Mundurukus...

– É mesmo o Brasil, James! – exclamou Jane, apontando para o nome escrito na fuselagem do avião: FAB – Força Aérea Brasileira.

Durante toda a noite, Kawê, Jane, Sarah e James ficaram conversando, um conhecendo o mundo do outro. Os trigêmeos contaram das maravilhas modernas de seu país: o cinema, a televisão, as máquinas, os satélites, as astronaves, o computador, os arranha-céus, e Kawê ficou admirado. Ele, por sua vez, falou muito sobre a floresta e sua tribo. Contudo o que mais impressionou os irmãos foram as histórias sobre as onças:

– A onça, ou jaguar, é o maior animal da floresta! Um grande felino, de pelo amarelo com manchas pretas! E é inteligente! Fica à espreita e calcula direitinho o bote, e nunca falha! Até jacarés ela come; a briga é feia, mas quem acaba vitoriosa quase sempre é a onça. A onça parece que tem poder magnético nos olhos... Uma vez, eu mesmo fui testemunha disso. Fui à mata pegar folhas de palmeira, para ajudar no conserto da oca, quando ouvi um macaco gritando, desesperado! Fui ver o que acontecia e, de longe, avistei uma onça olhando para um grande macaco preto. Este estava em segurança, no alto da árvore, contudo a onça olhava firmemente para ele. O macaco gritava, pulando, desesperado, dum galho pra outro, até que, de súbito, parado que estava a olhar, despencou de lá de cima, indo direto para a boca da onça!

– Nossa! – impressionou-se Jane.

Continuaram conversando, falaram sobre o caminho de volta para casa. Kawê explicou-lhes que a viagem de volta para casa era muito longa. Andariam pela floresta até encontrar o grande rio cor de chá. Esse rio os levaria à "casa na árvore".

Kawê contou que havia visto a *oka opé ibira* apenas uma vez. A "casa na árvore" era muito grande e nela cabiam vários homens e mulheres. Ao redor dela pairavam no ar muitos aviões. Os trigêmeos agora estavam convencidos de que em algum ponto da floresta encontrariam civilização, só não sabiam quando.

A conversa continuou até a fogueira se apagar, deixando-os às escuras. Viram as estrelas cintilar entre os galhos das árvores. Jane passou a contemplá-las e se lembrou de seu pai, que adorava brincar de contar estrelas.

– James, será que vamos conseguir voltar para casa? Será que estamos muito longe da tal "casa na árvore"?... James?

Jane não obteve resposta: o irmão e os outros já dormiam a sono solto, exaustos, sobre o macio e fino tecido do paraquedas. Não demorou muito e ela também adormeceu, olhando os astros. A noite estava bem fresca e todos dormiram.

Às cinco horas, um novo dia começava a raiar e a passarada o saudava com vários cantos. Kawê foi o primeiro a se levantar, seguido de James, que despertou as irmãs.

– Sarah, Jane, levantem-se! Já amanheceu! Temos que seguir viagem. – disse, cutucando as duas.

– James, e o café da manhã?

– Kawê está providenciando. Se vocês quiserem usar o "banheiro", eu mostrarei onde fica.

–Banheiro?! – estranhou Jane.

– É. Kawê me mostrou uma árvore que tem uma folha macia como veludo. Só não temos água para lavar as mãos – esclareceu James, que tentava pentear o cabelo com um gravetinho.

– E quem precisa de banheiro? Estou desde ontem sem comer e beber nada! A comida que a mãe de Kawê nos deu, nós a perdemos na correria de ontem! – reclamou a irmã.

– Que saudades de minha escova de dente! – lembrou-se Sarah, baforando e sentindo o próprio hálito.

– Também estou morto de fome, Jane – concordou James.

– Por falar em comida, aqui estou eu – disse Kawê, chegando com alguma coisa embrulhada numa grande folha verde.

– O que você trouxe, Kawê? – perguntou Sarah, saltitante de curiosidade.

– Aposto que são frutas suculentas da floresta – tentou adivinhar James.

– Quem sabe é peixe fresco! – arriscou Jane.

– Bem, acho que vocês vão gostar! É uma iguaria muito apreciada em minha tribo – disse Kawê, desenrolando a folha e exibindo a "comida", que ainda se mexia.

– Que nojo! – exclamou Jane, fazendo uma careta.

– Acho que vou vomitar...

– Ai, Sarah! Veja se vomita para outro lado! – disse James, empurrando a irmã.

– Em cima de mim, não! – esquivou-se Jane.

– O que houve? Vocês não gostam de lagartas? Estão no ponto, bem gordinhas! Ao mordê-las, dá até para ouvir o estalo. Depois vem o caldinho azedinho – uma delícia! – explicou Kawê.

– Lagartas?! Onde estão as frutas suculentas? – reclamou, Jane.

– Frutas? – perguntou Kawê.

– Isto aqui não é pomar, Jane – disse o irmão.

James tinha razão: a exuberância da floresta não devia ser confundida com fartura. Um hectare de terra encerra mais ou menos 300 espécies de plantas diferentes, cujas frutas, na sua maioria, servem de alimento apenas para pássaros, macacos e outros animais. As poucas árvores que dão frutos aproveitáveis pelo homem podem estar afastadas umas das outras por quilômetros, o que as torna extremamente difíceis de serem encontradas. Isso sem falar na impossibilidade de colher frutas de árvores, que podem chegar a 30, 40 metros de altura. Pode-se morrer de fome na floresta – foi o que Kawê disse aos trigêmeos, reforçando que as lagartas poderiam ser sua única alimentação, o dia inteiro.

Água também era outro problema sério, pois os rios, apesar de numerosos na imensa floresta, estavam distantes vários quilômetros. Ou seja, também passariam sede: mais um argumento a favor da lagarta, que, além de alimentar, hidratava!

– Não vou conseguir engolir isso! – repugnou-se Jane, segurando uma lagarta bem verdinha que se debatia na ponta de seus dedos.

– É muito fácil: é só pegar a lagarta e... Ploct! – fez Kawê, estourando o animal entre os dentes, sugando um viscoso líquido amarelo-esverdeado com textura de baba.

Os trigêmeos permaneceram inertes, enojados.

– Vamos lá!

Jane tomou coragem e pegou uma lagarta. Respirou fundo e... Ploct! Que estouro!

– Até que não é tão ruim... – disse Jane, com a boca ainda cheia.

– Diga a verdade: é deliciosa! – pediu Kawê.

Foi a vez de Sarah comer a sua. As lagartas se debatiam na folha. A menina tentou escolher uma mais magrinha. Mal conseguia tocá-las. Imagine comê-las! Então, fechou os olhos e imaginou que estava diante de uma tigela repleta de maravilhosos doces. Pegou uma e atirou-a na boca de uma vez: ploct! Engoliu direto. Kawê, curioso, pergunta:

– Então, o que você achou?

– Horrível! Me dê outra... Desta vez vou imaginar que é um muffin – falou ela, pegando um dos bichos e lançando-o boca adentro.

Chegou a vez de James, que comeu a primeira lagarta meio relutante.

– E Chatty, pode comer também? – perguntou Jane, colocando o papagaio nos ombros.

– Claro! Só não o deixe comer em cima de você; senão, vai sujá-la todinha! – respondeu Kawê.

– E a Quick Sloth? – perguntou Sarah, de boca cheia.

– A preguiça come folhas. No caminho, nós vamos alimentá-la.

Com a fome saciada, nossos quatro heróis abandonaram a fuselagem do avião e continuaram a jornada. Seguiram andando durante dias na floresta. Caminhavam durante o dia e acampavam à noite. Kawê aprontava rapidamente pequenas choupanas com galhos e folhas de palmeira.

Viver aqueles dias na selva não foi tarefa fácil: passaram por muitas privações, como pouca água, que tomavam de algum rio ou da chuva e de uma planta que fornecia um líquido parecido com água de coco, ao ter o caule cortado. Frutas, muito raramente as encontravam. As lagartas eram mesmo o prato principal, por serem abundantes na região. Àquela altura, eram devoradas como batatas fritas... E foi numa dessas caçadas a lagartas que foram surpreendidos por um temido morador da floresta: a onça.

Aconteceu quando estavam todos entretidos caçando larvas num grande tronco podre.

– Onça... – disse Kawê.

– Onde?!

– Sintam o cheiro. – respondeu Kawê.

– Não sinto nada! – replicou Sarah, inspirando profundamente.

Mal Sara acabara de falar, a onça-pintada surgiu do meio da mata a poucos metros deles. Ela rugia e só olhava fixamente. Todos ficaram inertes, ou melhor, parcialmente estáticos, visto que as pernas não paravam de tremer. O papagaio, notando o risco, abrigou-se no topo de uma palmeira.

– O que faremos agora, Kawê? – perguntou Jane com a voz embargada.

– Não sei.

– Ela parece estar com fome! – disse Sarah, olhando o felino.

O bicho sentou-se na mata e continuou a fitar as crianças.

– Está esperando nosso próximo movimento. Ninguém se mexe! – orientou Kawê.

– Por que você não atira uma flecha? – sugeriu Jane.

– As flechas não estão comigo. Se eu me mover para apanhá-las, a onça atacará.

De repente, a fera deu um salto e avançou veloz na direção deles.

– Subam na árvore! – gritou Kawê.

Correram aos escorregões e abrigaram-se na densa copa da árvore. A onça seguiu-os.

– Ai, meu Deus! Ela está vindo! – apavorou-se Jane.

A fera se aproximava com cautela sobre o tronco escorregadio. Estava a menos de um metro deles e tentava alcançá-los, agora esticando a pata com as garras afiadas. Eles amontoaram-se no mais alto galho da árvore. De repente a onça fez um movimento brusco, escorregou no lodo e deslizou tronco abaixo. A onça deu-lhes as costas e se afastou. As crianças riam aliviadas, quando um forte estalo ecoou na floresta. O emaranhado de cipós que sustentavam a árvore no ar estava se partindo.

Creck! Fez mais um cipó que cedia.

– Vamos nos agarrar aos cipós! Assim não cairemos com a árvore! – sugeriu James.

Não deu tempo e a árvore se espatifou num assombroso estrondo. Apenas James conseguira se agarrar. Os outros... cada um se segurou como pôde: Jane se abraçou às pernas do irmão, Sarah segurou nos pés de Jane, e, por último, Kawê abraçou Sarah. Formaram um cordão humano. No alto, James gemia tentando suportar o peso de todos. As mãos iam deslizando devagarinho.

– James! Se segura, estamos caindo! – gritou Jane.

– Minha mão está escorregando! – disse ele.

Não suportando mais o peso, James se soltou.

– Aaaaaaaah! – gritaram todos numa só voz.

Mas a queda foi impedida por uma mão amiga, que segurou James pelo braço e cada um foi erguido rapidamente. Todos foram jogados para o alto e, quando começavam a cair, surgiam, entre folhas e galhos, longos e fortes braços que os apanhavam e jogavam para outros braços. Ninguém sabia o que estava acontecendo, nem o que os agarrava. Apenas viam as folhas passar rápido diante deles, num vertiginoso sobe-e-desce. Isso continuou até serem atirados na copa de uma sumaúma. Seus pertences vieram em seguida, caindo sobre eles, inclusive o papagaio de Jane, que chegou aos berros, assustado.

– Alguém pode me explicar o que está acontecendo? – perguntou Jane, ainda zonza.

– Quando tudo parar de girar, eu lhe explico – disse Kawê, segurando a cabeça.

– Estamos no alto de uma árvore – constatou James.

Nos largos galhos da árvore se espalhavam rústicas choças de folhas de palmeira. Era uma cidade no topo da floresta.

– Como viemos parar aqui? – indagou James.

– Acho que foram os índios... – Hãããããããã?! Índio? Não seriam macacos?! – gritou Jane, sem compreender direito o que via.

À frente dela, um homem de pêlo marrom, preso a um galho de árvore por sua longa cauda lisa.

– Foram os índios-macaco! – completou Kawê, observando a extraordinária figura.

– Nossa! – exclamou James, estupefato.

Assim ficaram todos diante dos homens com cauda. Kawê já havia ouvido falar desses índios, com seus longos rabos que não param de crescer. Diziam que era necessário até que eles os cortassem de vez em quando, para que o rabão não lhes tolhesse os movimentos. Os índios rabudos começaram a surgir por toda parte. Eram dóceis, gentis e também muito brincalhões.

Eram tão primitivos, que pareciam animais de estimação a agradar ao dono. As crianças ficaram muito entretidas com as brincadeiras dos índios, e alguns deles traziam toda espécie de frutas para o deleite delas.

A aldeia dos índios-macaco revelou às crianças um aspecto especial da floresta: a copa das árvores. Centenas de bromélias e orquídeas se amontoavam nos galhos; havia uma infinidade de animais, desde insetos inofensivos a aranhas peçonhentas. Muitos, muitos pássaros e abundância de frutas! E também, imaginem, inúmeras rãs e sapos minúsculos, de no máximo dois centímetros de comprimento! Eles viviam dentro das bromélias, que acumulam água límpida da chuva em seu miolo. Havia de todo tipo: lindos sapinhos vermelhos e pretos, ou manchados de laranja, listradinhos de cinza, alguns verdes com esbugalhados olhos vermelhos. Escalando os últimos galhos, podia se chegar bem no alto, acima da copa, e contemplar a imensidão verde da floresta em contraste com o céu azul.

Os garotos logo aprenderam a se equilibrar nos galhos, sentindo-se muito à vontade naquela aldeia. A beleza e a alegria do lugar, aliadas à fartura de comida e à agradável companhia dos homens selvagens, levaram os pequeninos viajantes a permanecer ali por alguns dias.

– Se eu pudesse, ficaria aqui pra sempre – disse Jane, abanada por um dos índios de rabo.

– Temos que tomar cuidado para não nos acomodarmos com esta vida fácil! – falou James, mastigando uma saborosa fruta amarela como o sol.

– Estou com preguiça de ir embora – disse Sarah, que tinha os cabelos acariciados por uma índia com cauda.

– O pajé contava que, se alguém fica muito tempo na aldeia dos índios-macacos, acaba por nascer-lhe um rabo – informou Kawê, sonolento, recostado num troco de árvore a brincar com o rabo de um dos índios.

– O quê? – exclamaram ao mesmo tempo os trigêmeos, dando um pulo de susto.

– Vamos embora imediatamente! – exigiu Jane, apalpando o traseiro, a fim de conferir se um rabinho já não começava a nascer.

Em vista da possibilidade do aparecimento de um longo rabo, os irmãos decidiram ir embora na mesma hora. Entretanto, tudo não passava de uma invenção de Kawê, pois ele percebeu que todos estavam acomodados e paralisados pela preguiça; então, resolveu contar essa história para os irmãos preferirem partir.

Sair dali não era nada fácil. Como descer de uma árvore de 40 metros de altura, sem cordas? Certamente os homens-macaco sabiam como fazê-lo. Coube a Kawê, sabedor de todas as línguas, pedir-lhes que os descessem. Mas a comunicação com os homens daquela aldeia estava um pouco difícil: Kawê falava uma coisa e fazia um gesto, e os homens--macaco lhe traziam uma fruta. Tentou de novo e dessa vez trouxeram-lhe um passarinho. Mais uma vez e lhe vieram abanar.

– Eles não estão entendendo o que você diz, Kawê!

– Não sei o que está acontecendo, Sarah. Eu peço uma coisa, eles fazem outra!

– Deixe-me tentar. O que vale mesmo é a linguagem universal dos gestos! – disse Jane com convicção.

Aproximou-se então de um dos índios rabudos e apontou o dedo indicador para baixo com firmeza. Ela tinha razão: o índio compreendeu imediatamente o sinal e atirou a menina de lá de cima; depois fez o mesmo com os outros. Foi tudo tão rápido! Não houve como escapar! Despencaram das alturas, aos gritos e em pânico. Só que, antes de alcançar o solo, cada um foi amparado pelas mãos robustas de outros índios com cauda, que os estavam aguardando.

– Jane, nunca mais gesticule nesta floresta! – pediu James, ainda arfante com a queda.

– Outra vez no solo! Estamos de volta à velha rotina – disse Jane, seguindo Kawê que ia à frente abrindo caminho.

Foram acompanhados pelos olhares tristes dos índios-macaco, que acabaram perdendo seus bichinhos de estimação...

CAPÍTULO 6

Era mais um dia de caminhada pela mata interminável! O sol já se deitava no horizonte. Naquele trecho da floresta, àquela hora, os mosquitos apreciavam atormentar a todos. E assim ficavam um bom tempo, noite adentro! O local em que caminhavam nos últimos dias parecia estar mais infestado pelos insetos famintos. Um verdadeiro flagelo! As *mutukas* picavam doído, e no local da picada formava-se um calombo vermelho, que logo se enchia de sangue e depois deixava uma mancha vermelho-escura. Isso sem mencionar a terrível coceira que sentiam depois da picada! Ao meter as unhas com vontade, logo o sangue volta a escorrer do ferimento! Nos últimos dias os ataques das *mutukas* haviam sido tão intensos, que as crianças estavam recobertas de pintinhas vermelhas! E ainda passaram noites maldormidas por causa dos terríveis zunidos sem fim que faziam!

– Mosquitos infernais! – vociferou Jane, estapeando a própria face e as orelhas.

– Passe terra no corpo, Jane – recomendou Kawê.

– Mas eu já estou toda lambuzada! Só se eu me enterrar inteira! Parece até que sou a preferida desses insetos!

– Gente, vocês estão escutando? – perguntou Sarah.

– O quê?

– Zumbidos.

– São estes terríveis mosquitos, Sarah! – disse Jane, que, com um tapa, tentou acertar uma pequena nuvem deles à sua frente. – Não matei nenhum! Além de tudo, são tão rápidos!

– Zuuuuuum! Zuuuuum! – repetia o papagaio, imitando o zumbido dos insetos.

– Como se já não bastassem os mosquitos, este papagaio ainda fica a arremedá-los! – resmungou James.

– Gente, é sério! Escutem o barulho. Parecem milhares de mosquitos voando juntos!

– Nossa! Deve ser a pieira! – exclamou Kawê, apavorado.

– O quê? Pieira? – perguntou Jane, sem entender nada.

– Pieira é uma nuvem gigantesca de mosquitos. Se pegar uma pessoa, até mata!

– Lá está! Vem em nossa direção! – apontou James para um enorme enxame de mosquitos, milhares deles, que voavam entres as árvores numa nuvem negra e ruidosa.

– Fujam! Fujam o mais rápido que puderem! – gritou Kawê, amedrontado pelo monstruoso enxame.

Kawê foi seguido de perto pelos trigêmeos. Nem olhavam para trás: apenas corriam o mais rápido possível. Contudo, por mais que corressem, o terrível zunido produzido pela nuvem de insetos alados parecia ficar mais próximo!

– Meu Deus! Vão nos alcançar! – desesperou-se Sarah, percebendo que o barulho estava mais próximo.

– Estão por toda parte! Ai! Ai! – gemeu Jane, já sentindo as doloridas e ardentes picadas. O único que se livrou do infortúnio foi Chatty, que voou para longe dali.

Os mosquitos acabaram alcançando-os. Estavam todos no meio da nuvem. Além das ferroadas, os insetos tentavam entrar nos olhos, na boca, no nariz e nos ouvidos. Kawê aconselhou:

– Vamos continuar correndo! São muitos! Se desistirmos agora, vão nos sugar até a última gota de sangue!

O final de todos seria trágico, se Kawê não percebesse uma forte corrente de ar e entrasse nela com os companheiros. A corrente de vento os levou até uma clareira, onde ventava muito. Então, os mosquitos, por não gostarem de vento, tomaram outro rumo.

Os meninos estavam todos picados.

– Até que enfim desistiram! – desafogou-se Jane, cuspindo alguns que entraram em sua boca.

– Ufa! Achei que não escaparíamos desta vez! – respirou James, aliviado.

– E por que pararam de nos perseguir, Kawê? – quis saber Sarah, coçando os calombos ensanguentados das ferroadas.

– Eles não gostam de vento. Por isso, só ficam em mata fechada.

– Que lugar é este? – perguntou Jane.

– É uma tribo. Vejam as ocas – reparou James.

– Por isso esta clareira no meio da floresta! – deduziu Sarah.

– A taba está vazia. Devem ter saído para caçar... – observou James.

– Será que são índios amigáveis? Já estou sentindo um calafrio, porque há algo de sinistro neste lugar.

– Bem, Jane, não se preocupe. Afinal, não há ninguém aqui... – ia explicar Kawê, quando foi bruscamente interrompido por Sarah.

– Vejam! – exclamou a menina, chocada com a tenebrosa visão de uma árvore, onde, nas pontas dos galhos, jaziam dezenas de crânios humanos.

– Oh, não! Não me diga que onde estamos há ca... ca... ca...– gaguejou Jane.

– Sim, Jane, canibais. Mas veja o lado bom. Eles não estão presentes no momento para nos comer! Então, basta sairmos, que tudo ficará bem – tentou acalmá-los Kawê, já se voltando para sair dali rapidinho. Contudo, ao virar-se, bateu com a testa no umbigo de um dos temíveis selvagens. Era um homem sujo, fétido, de cabelos desgrenhados. A cara carrancuda tinha três furos ao redor da boca, sendo dois ao lado do lábio superior e um abaixo do inferior, nos quais foram introduzidas presas de onça.

– Aaaaaaaah!... – gritaram todos, em pânico, diante da grotesca figura do aborígine.

Tentaram, inutilmente, correr. Mas os nativos conseguiram prendê--los, até com facilidade. Aqueles homens retornavam de uma caçada, pois traziam consigo vários macacos esfolados, estripados e defumados. Na cabana onde os meninos acabaram presos, havia um monte de macaquinhos empilhados, um horror!

– Se fazem isso aos macacos, o que farão conosco? Será que também vão comer minha preguiça? – afligiu-se Sarah, em lágrimas.

– Não, Sarah! Fique tranquila, pois, ao que eu saiba, os índios não apreciam muito a carne de preguiça. Mas, macacos à parte, creio que nós seremos o prato principal esta noite! Vejam a grande fogueira lá fora.

– Eu sabia que ia acabar virando comida! Sabia! – queixava-se Jane, chorando.

Já era noite quando os índios vieram pegar seus quatro prisioneiros. Estes tentaram se agarrar a tudo que estivesse ao alcance das mãos, para não serem levados, mas os brutais caçadores terminaram por imobilizá-los e jogá-los sobre os ombros. Ao redor, havia crianças indígenas, de aspecto amável, observando e sussurrando algo.

– O que as dóceis criancinhas estão dizendo, Kawê? Pedem nossa libertação?

– Oh, não, James! Estão brigando para ver quem deles ficará com as coxas!

Foram todos atados a um grande espeto. E este foi colocado sobre lenhas secas, onde fariam uma grande fogueira, ato que foi bastante ovacionado pelos famintos canibais. Mais aclamado ainda foi um homem, que se aproximou com os já conhecidos apetrechos de fazer fogo.

– Meu Deus, prometo que, se sair viva desta, nunca mais reclamarei das viagens de papai! – suplicou Jane, que, nas horas de sufoco, era muito religiosa.

Seu pedido acabou sendo prontamente atendido! Uma flecha saída do breu da mata atravessou a aldeia, atingindo o índio que já friccionava os pauzinhos para fazer o fogo. Depois da flechada fatal, invadiram a aldeia, aos gritos, índios de uma tribo rival. Partiam flechas de todo lado!

– O que está acontecendo? – perguntou James, que já não entendia mais nada.

– Guerra! São tribos inimigas. Estão brigando por comida.

– Por causa dos macacos esfolados? – perguntou Sarah.

– Não, a guerra é por causa de vocês! Carne branca, além de rara, é muito apreciada neste local!

– Quer dizer que estamos sendo salvos por indivíduos que querem nos devorar?! – choramingou Jane.

A briga entre as tribos estava feia! Neste meio tempo, Kawê, de tanto se mexer, conseguiu libertar as mãos. E rapidamente soltou os outros. Enquanto as tribos se atacavam, as crianças escaparam. Já estavam entrando na mata, quando Sarah se lembrou:

– E a Quick? Não podemos abandoná-la!

– Ah, podemos sim! – disse Jane, seguindo o caminho.

– E eu quero pegar minha máquina fotográfica de volta! – lembrou--se James, indo atrás da irmã, que já fazia o caminho de volta.

– E eu preciso apanhar meu estojo de fazer fogo – falou Kawê.

– E eu esqueci meu casal de irmãos otários lá, além de um índio bobo! – ironizou Jane, que se viu obrigada a ir atrás deles.

Retornaram até a oca, encontrando tudo o que haviam deixado para trás: o precioso estojo de fazer fogo, a máquina fotográfica de James e a preguiça, que dormia tranquilamente, como se nada estivesse acontecendo.

– Agora que cada um encontrou o seu objeto, melhor sairmos. Essa não! Dois índios estão vindo nesta direção! – alertou Jane, apavorada.

– Melhor nos escondermos aqui! – sugeriu James.

– Aqui? Aqui não, James! Os índios vão entrar – alertou Sarah, vigiando a entrada.

– Mas não há mais tempo, vamos nos esconder aqui mesmo.

Acabaram se escondendo em meio ao monte de macacos defumados. Mal acabaram de puxar alguns macacos para cobri-los, entraram oca adentro dois índios da tribo rival, no intuito de roubar os animais esfolados. Os meninos prenderam a respiração de medo! Um dos nativos já estendia o braço para tirar justamente o macaco morto que encobria Jane. Contudo, no mesmo instante, entraram na oca índias da tribo local e expulsaram os ladrões a golpes de *takapes* – porretes semelhantes a tacos de beisebol. Tudo ficou silencioso por alguns instantes. A guerra havia terminado.

– Está tão silencioso! – comentou Sarah.

– Acho que conseguiram repelir os invasores – arriscou Kawê.

– E agora como vamos fazer para sair daqui?! Não aguento mais o cheiro destes macacos! – murmurou Jane, tapando o nariz.

– Escute, Kawê: estão falando alguma coisa lá fora – disse James.

– O que estão dizendo, Kawê? Fale logo, vá! – pedia Jane, impaciente.

– Estão dizendo que vão sair para nos procurar e...

– E... E daí, Kawê?

– E que não precisa nos trazer vivos. Podemos ser abatidos...

– Vão esfolar a gente igual a estes macacos! – gemeu Jane.

– Se você ficar de boca fechada, ninguém vai ser esfolado, Jane! Basta esperarmos aqui, que, quando eles saírem em nossa busca, fugiremos! – disse James.

– Ótima ideia! – concordou Kawê.

Quando perceberam que não havia mais nenhum movimento do lado de fora, saíram debaixo dos macacos mortos. Já era fim de madrugada e os primeiros raios de sol começavam a despontar no horizonte.

– Até que enfim! Agora posso respirar aliviada! Como conseguem comer uma coisa tão fedorenta?! – queixou-se Jane.

– E agora, Kawê, para onde vamos? – perguntou James.

– Pelos rastros deixados no chão, eles foram naquela direção para nos procurarem. Então, é melhor seguirmos para o lado oposto. Depois de despistá-los, retomaremos a rota de nossa jornada.

CAPÍTULO 7

Alguns dias se passaram após o incidente com os canibais. Tudo ia bem até ali, apesar dos pesares. Depois de tanta confusão, era estranho como a floresta podia ser calma. Eles sabiam que ali havia, literalmente, milhares de seres, alguns bem perigosos. Mas a natureza é caprichosa: só se mostra quando quer. Nos últimos dias, nenhum animal havia cruzado o caminho deles, a não ser um *marakayá*, também chamado gato-do--mato, mas mesmo este foi visto bem de longe. O menino queria muito ver todos os animais de grande porte ocultados pela floresta, como onças, antas e supostos lobos, e quem sabe, outros ainda maiores. Até mesmo as infernais *mutukas*, sugadoras de sangue, tinham desaparecido.

Como sempre acontecia nessa nova rotina, Kawê se levantava primeiro e ia em busca de comida, enquanto os trigêmeos o aguardavam. Às vezes James o acompanhava, mas não sem antes se certificar de que as irmãs estavam seguras.

– Acho que, quando voltarmos para casa, vou ter que cortar os cabelos – disse Jane, passando os dedos pelas melenas desgrenhadas.

– Os meus também estão assim. Veja que horror! Eram tão bonitos!

– Ficaram tão embaraçados, que não conseguirei penteá-los! Acho que nem a água dos rios consegue desembaraçá-los. Veja quantos nós! Ai! Um nó prendeu o meu dedo! – gemeu Jane, com o dedo engastalhado nos cabelos emaranhados, sujos e ásperos.

– Também há quanto tempo não os lavamos direito e penteamos? Afinal, há quanto tempo estamos perdidos aqui? – lamentou-se Sarah.

– Não sei. Perdi completamente a noção do tempo!

– Hoje tivemos sorte, amigos! Encontrei um cajueiro carregado de frutas! – disse Kawê, mostrando os suculentos *akayus* amarelos e avermelhados, cuja semente se projetava para fora dos apetitosos frutos carnudos.

Fome saciada, mais um dia de viagem! Seguiram pela mata e, depois de caminhar por algumas horas, a floresta os agraciou com uma bela supresa. As grandes árvores foram dando lugar a plantas menores, deixando a mata menos densa. A imensa floresta dificultava muito a caminhada, devido aos inúmeros galhos e ramos, que formavam uma parede verde quase impenetrável à machadinha. A exaustiva caminhada foi recompensada por uma vista deslumbrante.

Pararam à beira de um grande lago de águas resplandecentes, repleto de vitórias-régias. Que belas plantas aquáticas com folhas verdes de um metro de diâmetro! Cobrem as águas em abundância. Suas flores, parecidas com as de lótus, desabrocham à noite, bem brancas, mas, ao nascer do sol, tingem-se de um delicado tom róseo. O sol brilhava forte e o céu era de um azul profundo e relaxante, sem nuvens escuras. A brisa soprava, fresca e suave, espargindo o aroma adocicado de centenas de lírios que emergiam das águas, à margem do belo lago.

Dezenas de altas palmeiras refletiam no espelho de águas plácidas. Algumas delas, mortas e secas, davam abrigo, em seu interior oco, a vistosas araras vermelhas e azuis, que fizeram estardalhaço com a chegada dos visitantes.

– O último que cair dentro d'água vai virar lobisomem! – gritou James, pulando na linfa refrescante.

No mesmo instante as garotas acomodaram Chatty e Quick Sloth num local seguro e se lançaram nas refrescantes águas daquele pedaço do paraíso. A brincadeira na água estava ótima! Havia muito tempo não se divertiam assim.

Mas, como todo paraíso que se preze deve ter uma serpente, aqui também não foi diferente; contudo, se na macieira de Adão e Eva estivesse enrolada essa cobra, eles nunca teriam se aproximado dela!

Uma gigantesca sucuri (a maior serpente do mundo), de nove metros de comprimento, dormia a sono solto, enrolada num galho duma árvore morta caída no lago e parcialmente submersa. Normalmente, a também dita anaconda, quando está com fome, fica enrolada para o bote, dentro d'água. Depois de apanhar sua presa, vai se enrolando nela, a estrangulá--la e quebrar-lhe os ossos. Depois, baba sobre a vítima e, por fim, a devora. Engolida a vítima, a sucuri dorme, por dias, em sossegada digestão.

As escamas marrons, com grandes manchas negras e arredondadas, reluziam ao sol. O movimento das crianças no lago despertou a sonolenta serpente, capaz de engolir até um bezerro inteiro. A cobra se viu diante de um farto banquete de quatro crianças a escolher, prontinhas para serem engolidas. Escorregou do galho em que estava e deslizou silenciosamente sob a água em direção às vítimas.

– Esperem! Vocês ouviram? – pediu silêncio com as mãos Kawê, cujos sentidos eram muito mais aguçados do que os dos trigêmeos, por conhecer os constantes perigos a que estão submetidos os habitantes da floresta.

– Ouviram o quê? – perguntou Jane.

– Alguma coisa se movendo na água.

– Nós é que estamos nos movendo na água! – disse Sarah.

– Não. É um barulho diferente. Hummm! Este cheiro... é de sucu...

Antes mesmo que terminasse de falar, a cobra ergueu-se a alguns centímetros da água, ficando frente a frente com Kawê, e deu o bote. Só que, conhecendo a tática usual dela, ele negaceou-a e pendeu rapidamente para o lado. Com isso, a traiçoeira anaconda pousou a cabeça e parte do corpo no ombro do valente menino e, emitindo um horripilante silvo – Sssiii!... –, foi se enrolando nele. Todos gritaram, apavorados, com a presença e o ataque do réptil.

– Fujam! Em terra ela é mais lenta! Não poderá alcançá-los – disse Kawê antes de submergir, arrebatado pela sucuri.

Tomados de desespero e pânico, os trigêmeos nadaram até à margem e subiram no barranco.

– Mas... e Kawê?! Temos que salvá-lo! – gritou Jane, ameaçando voltar à água.

– Não, Jane! Não ouviu o que ele disse?! Temos que fugir! O que podemos fazer contra aquele monstro?! – repreendeu-a James, vendo o lago borbulhar exatamente onde Kawê havia sido arrastado pela cobra.

– Receio que seja tarde demais... – concluiu, com os olhos marejados.

– Vamos, antes que ela venha atrás de nós! – alertou Sarah, atemorizada.

Correram o mais rápido possível mata adentro. Na correria, todos se machucaram, lanhados por galhos e espinheiros que havia pelo caminho. Quando se sentiram seguros, pararam, exaustos.

Cada um se sentou num canto, sentindo uma tristeza profunda. Jane e Sarah se debulharam em lágrimas, por causa do amigo.

– E agora, James? O que faremos sem nosso guia, sem nosso amigo, sem nosso Kawê? – perguntou Jane, entre soluços.

Ele limpou as lágrimas e disse:

– Vamos ter que continuar sem ele! Não vou morrer nesta floresta! Uma vez ele me disse que, para chegarmos ao tal rio cor de chá, teríamos que caminhar sempre em direção ao nascente. E é isso que vamos fazer, pois tenho certeza de que é isso que nosso amigo gostaria que fizéssemos!

– Também perdemos nossas mascotes – lamentou-se Sarah, ainda em prantos, referindo-se a Chatty e Quick Sloth.

– É mesmo! Nós os esquecemos lá! – lembrou-se Jane.

– Alguém quer voltar lá para buscar? – perguntou o irmão.

– Não! – responderam as duas ao mesmo tempo.

– Não devem se preocupar com eles! Afinal, a floresta é o lar deles. Vão ficar bem.

– Mas Kawê disse que a preguiça nos protegeria – lamentou-se Sarah.

– Não sei como. Um bicho que só dorme! Se ainda fosse um cachorro! – replicou James. – Agora, levantem-se. Vamos seguir caminho. Se bem me parece, o nascente é nesta direção, considerando-se a trajetória aparente do sol – disse.

Contudo, as garotas nem se moveram: ficaram estáticas, prostradas, sentadas no chão de folhas úmidas da floresta.

– Vamos, meninas! Não desistam! Papai e mamãe nos esperam em casa!

– Já vamos. Venha, Sarah. Duvido muito que consigamos sair daqui, mas, pelo menos, vou morrer tentando! – disse Jane, puxando a irmã.

*   *   *

Voltemos a Londres. Já se passaram vários dias, sem qualquer notícia positiva sobre o paradeiro das crianças. As próprias autoridades tiveram de dar o caso, infelizmente, por encerrado e sem solução. O mesmo fez a mídia, que deixou de tocar no lamentável assunto.

Os pais não se conformavam, principalmente Mary, que vivia triste, desolada e com a saúde debilitada, pois mal se alimentava e dormia. Tia Betty, fazendo-lhe companhia, esforçava-se para reanimá-la e alimentar-lhe as esperanças.

Mary Yank – como todas as mães – jamais deixou de acreditar que seus filhos estivessem vivos, esperando que voltassem para casa a qualquer momento. Orava com intenso fervor, todos os dias, pedindo a Deus que os ajudasse a retornar ao lar.

*   *   *

De volta aos nossos pequenos heróis, James procurava animar as irmãs a prosseguir na dura jornada.

Continuaram caminhando pela floresta, na direção que James acreditava ser a correta. Eram observados por um olho atento. Algo que os seguia por dias. Agora que estavam sem a companhia da preguiça, este estava pronto para agir. Os meninos andavam cabisbaixos e calados. Depois de caminharem alguns minutos, James disse:

– Estou com uma sensação estranha.

– De que há alguém nos vigiando? – indagou Sarah, olhando ao redor.

– Sim, você também está sentindo?

– Tenho essa sensação há vários dias. Mas, quando Kawê estava conosco, sentia-me protegida.

– Hummm!... Eu estou sentindo é um cheiro horrível! Quem foi? – disse Jane, tapando o nariz com as pontas dos dedos.

– Credo! James, foi você? – inquiriu Sarah.

– É claro que... que... – já ia James negar, mas, ao virar-se para trás para falar com Sarah, teve uma visão assustadora.

– James! Que cara é essa?! Você está me assustando! – exclamou Sarah, com medo de olhar para trás.

Já Jane, que era a última da fila, virou-se de imediato e ficou frente a frente com uma bocarra, cercada de pêlos acinzentados, enorme, redonda, arreganhada e cheia de dentes afiados! Sem falar no hálito podre e na baba viscosa que escorria dessa enorme boca, molhando os pés da garota. A menina deu um grito agudo, girou nos calcanhares e correu atrás dos irmãos, que dispararam à frente, em desabalada carreira.

Corriam os três, em pânico, sem saber direito do quê. Viram apenas a bocarra faminta – o que já fora uma visão medonha! Contudo, a coisa surgiu diante deles novamente e, como num passe de mágica, de súbito, a boca maldita apareceu do nada, abrindo-se e fechando-se diante de James, que mudou o rumo da carreira, indo na direção oposta. E lá estava a bocarra animalesca outra vez! Viraram-se para a direita e a boca lá estava; giraram para a esquerda e a mesma cena se repetiu. Por fim, o bicho materializou-se entre eles, dando urros graves e assustadores, que faziam as orelhas vibrar.

O monstro era horripilante! Tinha o corpo parecido com o de homem, mas exibia o dobro do tamanho e era coberto de pêlos cinzentos. Tinha apenas um grande olho, redondo e vermelho, bem no meio da cara, lembrando um ciclope. Entretanto a boca não ficava na cara, mas sim na barriga, bem onde deveria estar o umbigo! Além do bafo-de-onça, ele exalava um mau cheiro insuportável! As crianças ficaram imobilizadas, fitando o olho vermelho, que parecia tê-las hipnotizado.

Atônitas e à mercê da horrenda criatura, foram agarradas por uma enorme mão que pinçou as três crianças de uma só vez. Ergueu-as até a altura da boca, cujas mandíbulas se dilataram, como fazem as cobras quando vão engolir as presas.

Só que, adivinhem? A tragédia foi impedida por Chatty, que apareceu providencialmente, pousou na cabeça do bicho hediondo e deu-lhe violentas bicadas, gritando:

– Jane! Jane!

O bicho largou as crianças, na vã tentativa de agarrar o pássaro, que foi mais ágil e voou para o alto.

James, Jane e Sarah caíram no chão e despertaram do transe, só então percebendo o perigo que corriam. O menino tirou o tênis e arremessou-o contra o grande olho encarnado. Acertou em cheio! Enquanto o animal gemia de dor, os três fugiram.

Mas o monstro se recuperou e materializou-se diante dos meninos outra vez, mais furioso ainda e com o olho arroxeado.

Jane apanhou um pedaço de pau caído e socou na boca dele, no intuito de espetá-lo na garganta, mas... O quê?! A bocarra triturou a madeira em poucos instantes! O monstrengo deu um urro, anunciando o golpe final. Jane, cansada de correr, partiu para o tudo ou nada! Deu um berro também e ensaiou um golpe de artes marciais para atacar o bicho. Este, logo em seguida, simplesmente desapareceu no ar como fumaça.

– Para onde ele foi? – indagou James, olhando para todos os lados.

– Jane, onde foi que você aprendeu artes marciais?

– Em lugar algum! Eu só sei que resolvi dar um grito forte e agitar as mãos.

– Então, fale baixo, que eu acho que o monstrengo acreditou que você luta – disse James, com o semblante ainda carregado de preocupação.

– Será que ele desapareceu de medo de mim? – riu a menina, sem parar.

– Jane, com certeza, você foi muito valente, mas o Mapinguari fugiu de medo da preguiça – disse uma voz que se aproximava.

Sarah olhou rapidamente para ver quem era. Mal pôde acreditar no que via! Extasiada, gritou:

– Kawê! Kawê! Você está vivo! A sucuri não pôde com você!

Todos correram em direção ao amigo, que vinha carregando Quick no colo. Abraçaram-no com tanta alegria!

– Então a cobra não comeu você? – perguntou James.

– Quase! Foi por um fio! A briga foi feia, mas eu consegui!

– E como foi que você fez? – perguntou Jane, impressionada com a façanha.

– Durante a briga, lembrei-me do que o Pajé me ensinou um dia desses: "Se a sucuri o agarrar, dê um apertão na nuca dela!". Então, eu dei um apertão e a cobra se amoleceu todinha. Aí, foi fácil fugir! Peguei os bichos e as nossas coisas e vim. Mais difícil que escapar da cobra foi achar a trilha de vocês. Gente molhada não cheira muito. Mas o Mapinguari, em compensação, cheira de longe e, como ele estava seguindo a gente havia um tempão, deduzi que estava com vocês. Ainda bem que cheguei a tempo! Mandei Chatty vir na frente. Ele não chegou?

– Oh, sim! Ele também nos salvou da bocarra do monstro! – disse Jane, orgulhosa de seu papagaio.

– Eu sabia! Esse papagaio é bom! – falou Kawê, enquanto entregava a preguiça Quick de volta a Sarah.

– Só que, depois que ele voou, não retornou – lamentou-se Jane a Kawê, sentindo falta de seu pequeno companheiro esverdeado.

– Não se preocupe: ele deve estar por perto. Já vai voltar.

– Vou pegar o meu tênis – disse James, pulando num pé só por causa da falta do sapato. – Mas que animal é esse que nos atacou, Kawê?

– O Mapinguari não é bem um animal como os outros, como a onça e a cobra, por exemplo. É um ser encantado da floresta, um ser do mal. Pode parecer e reaparecer onde bem quiser, além de ter outros poderes mágicos.

– Ele queria nos comer? – perguntou Sarah, ainda muito assustada.

– Não sei... O Mapinguari é imprevisível. Fosse lá o que fosse, eu tenho certeza de que ele ia fazer algo mau. Coisa boa não era! Mas não se preocupem: com a preguiça, estamos livres dele! O Mapinguari morre de medo dela!

– É engraçado um monstro terrível como aquele ter medo de um bicho tão mansinho como a Quick! – disse Sarah, fazendo cafuné no animalzinho, que dormia em seu colo.

– Eu acho que é porque não perturba ninguém, fica apenas comendo suas folhinhas. É um bicho que só de olhar transmite paz – tentou explicar Kawê.

– Talvez o Mapinguari tenha medo da paz que a preguiça transmite – completou Jane.

– E agora, para onde vamos, Kawê? – perguntou James, já calçando o seu tênis.

– Sempre para a direção do nascente! – respondeu, apontando o caminho com o dedo indicador.

– Você acha que estamos perto, Kawê? – perguntou Sarah, ansiosa por uma resposta positiva.

– Da "casa na árvore", não, mas do rio que nos levará até ela, acho que sim.

CAPÍTULO 8

Perambularam mais alguns dias pela floresta, ora caminhando sobre o tapete de folhas apodrecidas, ora na lama escorregadia, ora no mato denso, quase impenetrável, de folhas cortantes. Nesse período, quase não choveu. Conseguiam obter um pouco de água quando encontravam uma espécie de cipó, que retém o líquido em seu interior. Mas essa água era suficiente apenas para molhar a boca num só gole. Comida, nada, nem mesmo lagartas, larvas ou frutas azedas. Estavam exaustos, sujos, famintos e descrentes.

Até que, num lampejo, a escuridão deprimente da floresta deu lugar a uma praia de areias brancas que refletiam a intensa luz solar.

– Vejam aquele banco de areia! Devemos estar perto de um rio! O último que chegar lá é um bocoió – exclamou Kawê, com satisfação.

Saíram correndo sobre a areia quente, a fim de ver se havia água no outro lado da duna. Jane acabou enfiando o pé num buraco e se estatelando no chão macio de areia fina.

– Jane, você está bem?

– Sim, Kawê. Só enfiei o pé neste buraco. Acho que não quebrei nada – disse, massageando o tornozelo.

– O que é isso dentro do buraco? – inquiriu Sarah, apontando para umas coisas que pareciam ser ovos de cor branco-amarelada.

– É um ninho de tartaruga – explicou Kawê.

– Pobrezinhos! Será que os quebrei? – deplorou Jane, observando de perto para verificar se não havia danificado os delicados ovinhos.

– Se a mãe tartaruga estivesse aqui, isso não teria acontecido.

– As tartarugas não ficam nos ninhos. Logo que chega a seca e as areias surgem nas beiras dos rios, as mamães tartarugas saem das águas e põem seus ovos num buraco que cavam com as nadadeiras. Depois cobrem tudo com esmero, socando a areia. Em seguida, passam o corpo sobre a areia, num lento vaivém. O ninho fica camuflado sob a areia compactada, evitando, assim, que lagartos e cobras comam os ovos. Aí, vem o sol e o calor os choca – ensinou Kawê, indicando com as mãos os movimentos do animal.

– Será que dá para fazer uma omelete? – indagou James.

– O que é isso? – perguntou Kawê.

– É uma comida que se faz com ovos batidos e fritos, temperados com sal; depois, recheia-se com presunto e queijo.

– Esperem. Vocês estão pensando em comê-los? – inquiriu Jane.

– Mas é claro que vou comê-los! – respondeu Kawê, olhando para os ovos e lambendo os lábios.

– Mas o que é isso?! Vocês não vão comer os pobres bichinhos! Além disso, devem estar passados – disse Sarah, que colocava o ovo contra a luz e via em seu interior uma mancha escura.

– Se estiverem chocos, melhor! Mais saboroso do que ovo de tartaruga só a tartaruga mesmo! – disse Kawê, faminto.

– Olhem! Está rachando! – exclamou Jane, ao ver que o ovo nas mãos de Sarah começava a eclodir.

Da fenda na casca branca e fina saiu uma patinha, que se debatia, aumentando a abertura. Com mais espaço, o filhotezinho pôs a cabeça para fora e, com um pouco mais de esforço, arrebatou a casca toda, ficando livre nas mãos de Sarah. Todos ficaram parados e encantados, olhando o nascimento do animalzinho. Nem notaram que milhares de outros ovinhos eclodiam por toda a praia, até mesmo aos pés deles. Sob a areia, ao longo de toda a praia, parecia haver uma camada contínua de ovos. Quando deram por si, já havia ao redor deles uma multidão de pequenas tartarugas, que corriam freneticamente para as águas do rio, ali bem próximo.

– Tartaruga! Tartaruga! Tartaruga! Tartaruga!... – repetia o papagaio.

Sarah pôs a que estava em sua mão na areia. O animalzinho logo se juntou aos milhares de tartarugas. Kawê as apanhava, pensando em comê-las.

– Grelhadas, ficam ótimas! – dizia ele, enquanto as coletava.

– Nem me lembro da última vez em que comemos algo decente – falava James, com água na boca.

Sarah e Jane, entretanto, repreenderam severamente os dois meninos.

– E, por acaso, é decente comer um bichinho tão indefeso, tão bonitinho, tão inofensivo?! – disse Sarah, tomando as tartarugas das mãos de Kawê e James, que adorou a ideia de comê-las.

Só que os garotos não eram os únicos que queriam devorar os filhotes. Muitos pássaros chegaram e começaram a atacar: cegonhas, garças, gaviões, entre outros, mergulhavam para pegá-las.

Na água, as tartarugas eram aguardadas por jacarés. Abriram suas bocarras e as engoliram às dezenas!

Dos milhares de tartarugas que ali estavam, apenas uma parte sobreviveu. Depois que os répteis se alimentaram, sumiram rio acima. As crianças esperaram mais um pouco e, sentindo-se mais seguras, dirigiram-se para a beira d'água, com o intuito de arriscar um mergulho no refrescante rio.

– Nós gostamos de comer jacaré e apreciamos mais a carne da cauda, que é branca e saborosa, igual à de peixe. Mas, se não se toma cuidado, a gente acaba virando comida! – disse Kawê, olhando com atenção as águas douradas, a ver se ali não havia ficado algum de tocaia, esperando para pegar uma criança como sobremesa.

O rio tinha águas douradas, meio cor de chá. Apresentava essa cor por causa das muitas folhas e flores das árvores que nele caíam. Os quatro pararam um instante diante do rio, a contemplar a maravilhosa paisagem.

As águas cintilavam à luz do sol num céu azul, azul. Um dia lindo, como havia muito eles não viam, caminhando na sombria e às vezes tenebrosa floresta. A água, nas margens, tingia a areia, formando uma longa linha escura em toda a extensão, nos limites entre o líquido colorido e a areia branca.

Havia também muitas borboletas amarelas, centenas delas, voando por toda a parte. Ou então agrupadas sobre o extenso tapete de areia, de onde retiravam nutrientes necessários à sua curta existência. Um lagarto verde de papo amarelo tomava seu banho de sol sobre uma pedra redonda. Nem se importou com os visitantes. Garças brancas, de pernas finas e compridas, apanhavam peixes no caudaloso rio. Árvores frutíferas deixavam tombar seus galhos repletos de frutas sobre as águas frescas, alimentando os peixes.

Os jovens se encheram de alegria diante da maravilhosa paisagem. Até o papagaio se animou, tagarelando algumas palavras que ninguém podia entender, mas que, com certeza, denotavam muita alegria.

– É este o rio que nos levará para casa, Kawê? – perguntou Sarah, encantada e cheia de esperança.

– Sim, é este. Na verdade, ele é um braço do grande rio Negro. É na margem do rio Negro que está a *oka opé ibira* – "casa na árvore". Mas se preparem, que há muito pela frente! Só que, agora, com mais comida e água! Vamos ter peixe para o almoço! – gritou de alegria Kawê, se atirando na água. Foi imediatamente seguido por James, que deu um mergulho, espirrando água nas irmãs.

Jane e Sarah ficaram paradas na margem do rio, vendo os dois se divertirem. Não entrariam ali de maneira alguma, apesar dos insistentes chamados de Kawê e James, que se esbaldavam jogando água um no outro. Estavam mortas de medo dos jacarés e ainda traumatizadas com o episódio da sucuri, que por um triz não engoliu todos eles. Mas o sol causticante logo fez Jane mudar de ideia. Até Chatty deu uns rápidos mergulhos; ao sair, pousou num galho e, com o bico, ficou descolando as penas molhadas.

– Sarah, se nenhum jacaré veio até agora comer esses dois, é porque não há perigo. Que tal entrarmos? – perguntou Jane, que já não suportava permanecer sob o sol abrasador.

– Eu não entro aí, nem morta! Não vou virar comida de jacaré!

– Então, você vai virar torrada sozinha! – retrucou Jane, pulando na água e indo brincar com os outros.

Vendo que Sarah não iria entrar, os outros três foram à margem e agarraram-na, atirando na água. No início, ela protestou, fez bico e até chorou, mas logo se entregou às divertidas brincadeiras aquáticas que Kawê ensinava.

Eles aproveitaram para tomar um bom banho e lavar as roupas imundas, que, depois de secas sob o calor intenso, ficaram ásperas e duras, como se estivessem engomadas. James até improvisou um pente. Cortou uma folha espinhenta, retirou as pontas dos acúleos e, em seguida, atou a folha a um pedacinho de pau: eis um pente! Kawê fez uma lança com um galho reto de árvore e, em pouco tempo, pescou um peixe grande, um surubim. Armaram uma fogueira e fizeram um belo grelhado, com o qual se fartaram. O estômago cheio e o calor intenso da tarde deram-lhes uma moleza e uma sonolência! Cada um procurou uma sombra de árvore para descansar.

Se a Amazônia fosse dividida em reinos, certamente teríamos dois: o Reino da Floresta e o Reino das Águas. Pois ali, além da maior floresta do mundo, estão um quinto de toda a água doce do planeta e mais espécies de peixes que se possam imaginar. Teríamos uma época do ano em que esses dois reinos se fundiriam num só: a cheia. No período da cheia, é difícil separar a floresta do rio. Não se sabe onde começa um e termina o outro. As águas se misturam entre as árvores, invadindo a floresta e criando intricados labirintos de troncos, galhos e raízes aéreas, ditos igapós, assim como cursos fluviais entre ilhas e barrancas, chamados igarapés ("caminhos de canoa").

Depois do cochilo, Kawê reuniu todos, dizendo que a viagem dali em diante seria de canoa.

– Canoa?! Mas nós não temos uma! – estranhou Sarah, desanimada.

– Eu acho uma ótima ideia! Com essa embarcação, faremos o caminho mais rápido! – disse James, entusiasmado.

– Sim, eu também acho. Mas onde vamos arranjar uma canoa? – ponderou Jane.

– Kawê sabe como fazer uma canoa!

– Primeiro, temos que catar muitas folhas secas de palmeira caídas na mata. Em seguida, trançamos todas em forma de canoa, amarramos as pontas com cipós e, depois, impermeabilizamos o interior com cera derretida de abelha, para não entrar água. Fácil, não é?

Os trigêmeos recolhiam as folhas e Kawê as trançava. O barquinho deveria ser maior do que o que se costumava fazer na tribo de Kawê, pois teria que comportar quatro pessoas, uma preguiça e um papagaio, além da poita, que servia de âncora para fundear. A poita era uma grande pedra amarrada num cipó. Kawê levou mais tempo para construí-lo.

Em dois dias, a ubá já estava armada; a palha ficara bem tramada. Agora, só faltava impermeabilizá-la. Kawê havia encarregado James de procurar, nas redondezas, algumas colmeias de abelhas. Ele encontrou duas bem grandes nos topos de árvores. Mas as donas da casa eram muito agressivas: só de perceberem a aproximação do menino, já atacavam! Kawê, vendo a situação, resolveu ajudar o amigo, pois sabia o que fazer. Acendeu uma fogueira debaixo das duas árvores e, com um galho verde apagado e fumarento, foi se aproximando das colmeias. A fumaça atordoou uma porção delas e afugentou as restantes. Kawê trepou nas árvores, e num piscar de olhos, derrubou cada colmeia, desceu rápido e saiu dali o mais depressa que pôde, antes que as abelhas retornassem.

Kawê levou as colmeias para o banco de areia e lá foi quebrando os favos e fazendo o mel escorrer para folha de uma palmeira. Todos tomaram aquele delicioso mel. A cera, retirada em grande quantidade, também foi depositada noutra folha de palmeira. Ao final, Kawê fez um fogo, derreteu a cera e passou-a no fundo e nas laterais do barco de palha. Jane, Sarah e James o ajudaram nessa tarefa. Num dos favos, Jane viu uma abelha diferente. Era muito maior que as outras e tinha um longo e volumoso abdome, tão pesado que não lhe permitia voar.

— Kawê, veja o que eu encontrei! — disse a menina, passando-lhe o favo com a estranha abelha.

— Por Tupã! É uma abelha-mestra! A outra deve ter morrido com as companheiras. As operárias virão salvá-la! E, olhem, já estão vindo! Corram para a água, que elas...

Antes que Kawê terminasse a frase, já estavam os trigêmeos dentro d'água, até ao pescoço, fugindo do enxame que se aproximava, zoando alto.

As operárias resgataram sua rainha, voando com ela, e abandonaram os escombros de sua antiga casa. Agora, com a abelha-mestra, poderiam formar uma nova colônia.

Vendo que as abelhas tinham ido embora, retornaram em segurança para terminar o trabalho. Acabaram de aplicar a cera de abelha, e o barco ficou uma beleza!

— Mas, Kawê, e os remos? Como navegar sem remos?! — perguntou Jane.

— Como as folhas de palmeira possuem uma haste longa, vamos separar, com a machadinha, um trecho desta haste para fazer o cabo do remo. Aí aparamos a parte grossa da folha, espalmada, e recortamos para formar a pá do remo. Faremos dois remos: um para mim e outro para James.

Tudo pronto. Mas já era demasiado tarde para começar a navegar: o sol já se punha, tingindo tudo de alaranjado e anunciando que a noite não demorava a cair. Decidiram então partir no outro dia, bem cedinho, com o raiar do sol.

Kawê havia pescado um belo tucunaré. Aquele era um exemplar grande, de uns cinco quilos, prateado, com três faixas transversais mais escuras e uma mancha em formato de olho na base da nadadeira. O peixe deu um belo assado. Todos se banquetearam e foram dormir em confortáveis esteiras de palha de palmeira, feitas com as sobras dos materiais para o barco. Jane e Sarah já estavam ficando craques na arte de trançar fibras amazônicas.

O sol nasceu saudado pela bicharada e pela algazarra das aves. Um bando de maritacas verdes sobrevoou o banco de areia, fazendo estardalhaço. As maritacas gritavam de um lado e Chatty respondia do outro. Havia também um bando de macacos gritadores, que pareciam estar por perto, soltando tenebrosos urros roucos e longos.

– O que é isso, Kawê? – perguntou Sarah, despertando assustada e ofegante.

– São macacos gritadores. Os maiores que conheço. Mas não se preocupe, pois eles passam o tempo todo no alto das árvores comendo frutinhas e folhas.

– Às vezes, esta floresta consegue ser mais barulhenta que Londres – disse Jane, com olhos inchados de sono.

Rapidamente lavaram os rostos na água fresca do rio, enxaguaram a boca, comeram algumas frutas e partiram na jangada de palha. O barco flutuava que era uma beleza! A correnteza do rio os conduzia com gentileza, naturalmente, pouco exigindo dos remadores. Naquele dia, Chatty não parava de palrar. Repetiu o nome de todos umas cem vezes:

– Sarah! Sarah! Jane! Jane! James! James! Kawê! Kawê!

Só parou com a ladainha quando Jane lhe segurou o bico por alguns instantes.

– O que deu neste bicho hoje? – perguntou James.

– Sei lá! Acho que ele está feliz, por ver-nos também felizes.

– Eu também estou. Sinto que estamos mais próximos de casa – comentou Sarah, sentindo a brisa fresca da manhã.

Kawê seguia na dianteira da jangada, tendo James logo atrás. O índio comandava os movimentos acompanhando as sombras das árvores que ladeavam o igarapé.

– Olhem! Olhem! – apontou James para uma cobra esmeralda, que passou nadando rápido como uma flecha.

Quanto mais navegavam, mais estreito ia ficando o igarapé e, em certos momentos, ficava tão diminuto, que a ubá mal conseguia passar. As copas das árvores ribeirinhas se tocavam, lançando suas sombras sobre a água, que se tornou muito escura. Após algumas horas de navegação, o igarapé foi se alargando, alargando, até que já não se podia mais enxergar a outra margem. O sol voltou a resplandecer e todos se animaram, ao ver novamente as águas luminosas fluindo docemente, levando consigo ilhas verdes de plantas flutuantes, salpicadas de pequenas flores coloridas. Eram aguapés, como ninfeias, mururés, pavoás e rainhas-do--lago. Um tronco podre boiava na água dando carona a um bando de aves ribeirinhas.

Em um trecho, James assumiu o comando, enquanto Kawê providenciava a comida. Pescou, de flecha presa ao braço, um belo e saboroso peixe saltador, chamado matrinxã, de mais de meio quilo. Mas o peixe foi atacado por uma garça atrevida que, em pleno salto de alguns metros de altura, levou o pescado consigo. Pararam numa ilhota fluvial, com acolhedora praia, onde Kawê pescou novos peixes. Estes foram assados e saboreados ali mesmo. Assim passaram o resto do dia: pescando e comendo.

No dia seguinte, partiram antes de o sol nascer. Passadas algumas horas de navegação, o rio ficou imenso e o vento soprava, fazendo pequenas ondas, num movimento que lembrava as águas do mar. Naquele trecho o volume do rio era tamanho, que as águas cor de chá ficaram pretas, passando a preto retinto, como noite sem luar.

– Este é o rio Negro! O grande rio que irá levá-los para casa! – disse Kawê, remando com James.

A notícia era boa, sem dúvida alguma. Todavia os trigêmeos não se animaram, diante da imensidão daquelas águas, que sumiam à frente deles, sem mostrar nenhum indício de civilização. Deviam estar ainda muito, muito longe de qualquer lugar habitado.

Seguiram a jornada, mudos de desânimo. O silêncio só foi quebrado quando passaram ao lado de uma pedreira na margem direita, da qual procuraram se aproximar. Algumas rochas eram tão

grandes, que bosques de arbustos verdejavam em seu topo plano. Com o passar de milhares de anos, essas rochas arenosas foram desgastadas pelas águas do rio e das chuvas, esculpindo-se em formas fantásticas. As pedreiras chamaram a atenção das crianças, que, durante um longo trecho, brincaram de dizer com o que se pareciam as estranhas formas modeladas pela ação da água.

As pedras ocuparam ainda uma longa extensão. Mais adiante, a paisagem foi dominada por um alto e longo paredão de pedra maciça. Eles não tinham onde ancorar a canoa, não havia margens planas.

O sol estava insuportável; as árvores da margem tinham sumido, levando consigo suas refrescantes sombras. Agora, só o paredão de pedra os cercava. Improvisaram uma cobertura com as esteiras que usavam para dormir, diminuindo a intensidade do calor causticante, e ali ficaram quietos e sonolentos.

Ao fim da tarde, quando a fome apertou, Kawê já havia pescado apetitosos piaus, mas não havia como assá-los. Subitamente, avistaram uma grande árvore engastalhada num rochedo, à margem do rio. Abordaram-na. Kawê, com seus apetrechos de fazer fogo, acendeu uma fogueira, na parte seca do tronco e descamou, abriu e limpou os peixes, com a ajuda dos trigêmeos. Os peixes foram espetados em varinhas, feitas com os galhos da árvore, e finalmente assados.

– Uma fogueira flutuante! Que bela ideia! – exultou Jane.

– Hummm!... Quero ser a primeira a comer! – disse Sarah, com água na boca.

Kawê atendeu ao pedido da menina, dando-lhe o primeiro assado.

O segundo peixe logo ficou pronto pelas mãos de James: Jane foi contemplada com ele. Estava de dar água na boca! Que aroma delicioso! Jane já ia dar uma mordida quando viu a irmã estrebuchar-se na popa da canoa. Ela se balançava toda, como se estivesse tendo um ataque epiléptico.

– Que peixe é esse?! – assombrou-se Jane, fazendo menção de jogar a comida longe.

– Piau, um dos melhores peixes que há – respondeu Kawê.

– Mas estes devem estar envenenados! Sarah está passando mal!

– Sarah, o está acontecendo?! – perguntou James, assustado.

– For... For... – tentou responder ela, aos pulos.

– Forfor?! Que é que está dizendo?! – perguntava o irmão, sem nada entender.

– For... For... – gritou também Jane, saltitando e dando tapas em si mesma.

– Kawê, seja lá o que for, isso é contagioso! – disse James, afastando-se das duas, que pulavam como loucas.

– For... For... – respondeu Kawê, para desespero de James. – For... For... Formigões! Formigões carnívoros! – finalmente Kawê, que também se sacudia, conseguiu completar a frase.

O tronco no qual Kawê havia acendido o fogo era a morada desses insetos. O jantar foi abandonado no tronco em chamas e os navegantes seguiram por algumas horas se estapeando, até conseguirem eliminar os formigões remanescentes, que ainda picavam como se quisessem tirar pedaços. Cansados, adormeceram, enquanto a correnteza ia conduzindo o barquinho.

CAPÍTULO 9

No outro dia, Jane foi a primeira a acordar com o barulho das águas. O rio havia se estreitado e água corria mais rápido.

"Isso não é bom", pensou ela. Mais adiante, ao ver grandes pontas de pedra no leito do rio, preocupou-se com o cenário de perigo e acordou os demais.

– Melhor a gente se segurar nas bordas da ubá – avisou Kawê, ao ver as pedras.

A água os conduzia para as rochas. O rio, até há pouco tempo caudaloso, havia se transformado subitamente numa assombrosa corredeira! Kawê tentava de toda maneira controlar o barquinho, mas este parecia um joguete à mercê do rio. Chatty fugiu para as matas e Sarah abraçou Quick.

– Aaaaah!... – gritavam, uníssonos, nas violentas descidas provocadas pela torrente.

O esforço de Kawê para conduzir a canoa era inútil. A embarcação descia as corredeiras, passando rente às pedras – ora grandes lajes, ora enormes recifes. Às vezes, as crianças sentiam o fundo do barco raspar.

– Essa não! Vejam! – disse Jane, apavorada, vendo que, em instantes, se chocariam contra um grande rochedo.

Contudo Kawê, usando o remo como varejão, empurrou a canoa para o lado e conseguiu desviar o rumo. Mas logo depois veio um redemoinho, que arrebatou a ubá e a levou aos rodopios. Cada criança foi lançada para um lado, caindo na água.

– James! Sarah! – gritava Jane, ao emergir, sendo tragada pela água novamente, em poucos segundos.

Ela nadou com todas as forças, até que conseguiu se livrar do redemoinho e voltar às corredeiras.

– Sarah! James! Kawê! – gritava em desespero a garota, sem obter resposta alguma e tampouco avistar um deles.

A corredeira a arrastou alguns metros, até que a menina chegou a uma cachoeira. Em pânico, com medo do tamanho da queda que estava por vir, tentou nadar, correnteza acima, num esforço inútil: a água acabou vencendo-a.

– Socooorro!!! – despencou ela, gritando.

A queda a lançou no fundo de um grande lago. Ela emergiu rapidamente, em busca de ar. Ao abrir os olhos, viu James e Kawê.

– Ah, vocês estão aí?! Que bom ver vocês! – exclamou, ofegante.

– Fiquei com receio de que você não conseguisse se libertar do redemoinho! – disse James abraçando a irmã com força.

– E Sarah? Onde está Sarah, James?!

– Ela ainda não chegou... – respondeu tristemente o irmão.

– Sarah! Sarah! – gritava Jane, aflita.

Mas nem Sarah nem Quick Sloth apareceram. Quem atendeu ao seu chamado foi Chatty, que voou da mata direto para o ombro direito da menina.

A canoa de palha também se precipitou da cachoeira. Você acredita, leitor, que ela ainda estava inteira?! Apenas estava molhada por dentro. Os remos também, por sorte, rodavam lentamente ali perto. Kawê saltou na água e apanhou-os. A ubá foi posta a secar ao sol numa praia de cascalhos pretos, na beira do grande lago. Junto da canoa, também secavam as roupas, o precioso estojo de bambu que guardava o material usado para fazer fogo, a máquina fotográfica e outros poucos objetos que conseguiram chegar inteiros até ali.

Angustiados com o desaparecimento de Sarah, os meninos não puderam conter lágrimas de tristeza e preocupação. Porém, a tristeza foi breve. Logo Sarah surgiu, caindo aos berros cachoeira abaixo.

– Sarah!!! – gritaram James e Jane ao mesmo tempo, ao ver a irmã caindo com a preguiça grudada nas costas.

Os irmãos nadaram em sua direção, felizes e aliviados, dando-lhe intermináveis beijos e abraços.

– Ei! Ei! Acalmem-se! Também estou feliz por vê-los! – disse a menina, que não aguentava mais levar beijos molhados de lágrimas de felicidade dos irmãos, além do abraço apertado da preguiça.

Passado o susto, comeram deliciosos peixes grelhados e tomaram um suco de guaraná preparado por Kawê. Ele havia encontrado uma cabaça e utilizou-a para macerar as famosas frutinhas amazônicas. Fez os "copos" dobrando e redobrando habilmente folhas de taioba. O lago era um lugar muito belo e oferecia comida farta.

Depois do regalo, os quatro tiraram um cochilo sob a fresca sombra das árvores. Uma hora depois, seguiram caminho na canoa. Tiveram a ideia de levar diversas folhas de taioba, que são bem largas e frescas, para utilizá-las como guarda-sol. O rio voltou a ficar largo e o enorme volume de água voltou a rolar vagaroso diante do pequeno barco. Nas margens, as grandes árvores de outrora davam lugar agora a pequenos arbustos. Uma vegetação pobre, que até os animais pareciam desprezar, pois ali não se ouvia o ruído de uma mosca que fosse!

O cenário tedioso acompanhou-os por algumas horas, até que, no leito do rio, começaram a surgir pequenas e esparsas ilhotas, que iam ficando maiores e mais numerosas à medida que atravessavam o grandioso curso de água. O rio parecia guardar todas aquelas ilhas, algumas imensas, compridas, que davam a impressão de não ter fim. Os meninos foram tomados por um sentimento de pequenez, diante do imenso horizonte de ilhas que o largo rio comportava.

A estiagem durou apenas aquele dia, pois, nos dois seguintes, a chuva voltou a cair intensa, quase ininterruptamente. Para escapar do aguaceiro, aportaram numa daquelas ilhas. Abrigaram-se sob frondosas árvores e usaram, mais uma vez, a canoa como cobertura, apoiando-a em pedaços de galhos cortados. E ali ficaram, à espera de que a chuva passasse.

O ar estava saturado de umidade. Tudo estava umedecido. As roupas, já bem estragadas, só ficavam secas no próprio corpo diante das fogueiras, apesar de produzirem mais fumaça do que calor. Era época da cheia e o cenário da floresta começou a mudar. Os belos e alegres bancos de areias brancas das margens sucumbiram sob as águas negras, que avançavam rapidamente floresta adentro, criando um cenário sinistro.

Viajaram mais um dia, ao fim do qual pretendiam aportar em alguma praia, para o pernoite. Entretanto, verificando a escassez de terra firme ao longo do trajeto, viram-se obrigados a dormir dentro do barco apertado e desconfortável, que foi amarrado a um galho por um cipó. Durante a navegação, neste dia, tiveram a sorte de terem trazido uma boa porção de peixes fritos, enrolados em folhas de taioba, e frutas silvestres. Já à noite, sem que percebessem, o barquinho, muito sacudido pelas ondas, desatou-se do galho e foi levado pelas águas tranquilas para dentro do igapó.

No outro dia, logo de manhã, ainda dormiam gostosamente, quando, de repente: Ploft! Um fruto foi derrubado de uma árvore por pássaros e caiu na canoa. Todos despertaram com o barulho, e logo Kawê apanhou o fruto – uma longa vagem de cor marrom e de casca grossa. Os trigêmeos quiseram saber o que era.

– Chama-se *yatawá*, ou seja, jatobá. Querem que eu o abra?

Diante da curiosidade dos trigêmeos, ele segurou a vagem na palma da mão e deu-lhe dois ou três golpes com a machadinha, abrindo-a. Os três irmãos viram que o jatobá encerra alguns aros muito nutritivos, embora de sabor e cheiro desagradáveis.

– Cheirinho de chulé! – disse Jane, estranhando o fruto.

As crianças prosseguiram a viagem. Depois de algum tempo, viram-se surpreendidos por um cenário fantástico. Eles boiavam sobre uma gigantesca extensão de água, quase estática, coberta pelas copas das enormes árvores semiemersas da floresta inundada. A selva, tomada pelas águas, era como um grande labirinto onde, após a enchente, lagos, igarapés e pântanos formavam uma gigantesca massa líquida, dificultando a visão do leito do rio.

Seguiram remando, perdidos, raspando o fundo da canoa em troncos ocultos pelas águas escuras e abaixando as cabeças para não trombar com galhos de árvores e espinhentas folhas de palmeiras. Muitas vezes, tinham que forçar a passagem, utilizando a machadinha para romper emaranhados de galhos e arbustos que bloqueavam o caminho.

Vagaram pelo interminável igapó durante dois longos dias. Mesmo perdidos, Kawê agia como se tivesse absoluta certeza de que estavam no rumo certo! Não dava o braço a torcer, pois conhecia bem a "sua" floresta. De tanto afirmar isso, os trigêmeos acabaram por se convencer, tranquilizando-se e até mesmo aproveitando o belo e alagado cenário.

Agora, à altura da copa das árvores, viam mais flores, inclusive belas orquídeas que iluminavam a penumbra do lugar com suas flores brilhantes. Também se fartaram de comer deliciosos coquinhos de uma palmeira mais baixa chamada marajá, que deitava os frutos agrupados num belo cacho ao alcance da mão. Isso sem falar nas outras deliciosas frutas, quase sempre de sabor ácido, que também atraíam vários pássaros. Estes eram de várias espécies, alguns muito belos, de cor púrpura e crista branca, que apanhavam no ar as frutinhas que caíam das árvores, antes de chegarem à água – proeza que divertia a todos. Chatty também se regalou com a quantidade e variedade de frutas, não deixando de experimentar uma sequer.

A chuva passou a cair mais espaçadamente, o que proporcionou certo alívio a todos. Todavia, como no igapó não existiam margens, as crianças permaneceram o tempo todo no interior desconfortável do barco. Já estavam fartos de ficar vagando nessa situação...

Finalmente, encontraram terra firme! Era um dia quente e estavam todos moles de calor. Até o papagaio calou o bico, de tão encalorado que estava.

James ancorou a ubá e Kawê a prendeu na terra úmida, à beira d'água. Jane acomodou Chatty num galho e cada um escolheu um lugar para se recostar.

O cansaço e a vontade de se esticar eram tamanhos, que nem notaram que a pobre Quick Sloth havia sido esquecida dentro do barco e uma forte correnteza forçara a canoa a se soltar...

– Ei! Acordem! Senti um pingo cair. Percebam o vento! Vai começar a chover – alertou James, enxugando o pingo d'água do rosto.

– Hummm!... É chuva brava! – disse o índio, observando as nuvens escuras que se aproximavam, as árvores balançando ao vento forte e as águas agitadas. – Melhor trazer o barco para terra firme, senão, ele pode afundar.

O céu ameaçava desabar sobre eles. Ia chover forte. As árvores balançavam, raios cortavam o céu e trovões faziam a terra tremer.

– Onde está o barco? – perguntou James.

– Essa não! A correnteza deve ter levado! – disse Kawê, caminhando para a margem a procurar a jangada ao longe.

– Oh, não! A preguiça estava lá dentro! – lembrou-se Sarah, cheia de remorso.

– A preguiça ficou mesmo no barco?! – pediu confirmação Kawê, que não havia escutado Sarah direito, por causa do barulho da tempestade.

– Sim! Quick ficou lá! Tenho que ir buscá-la!

– Temos que sair daqui! Estamos em terra firme e, sem a preguiça, o Mapinguari vai atacar! – gritou Kawê da beira do rio.

– O quê?! – bradaram os trigêmeos.

– O Mapin... Mapin... Mapinguari! – gritou Kawê, apavorado, ao ver o monstro surgir atrás das crianças.

– Aaaaaah!... – gritou Sarah, ao se dar conta da presença do monstro, que fedia em dobro por estar molhado da chuva.

James tentou espantá-lo com um *flash* da máquina fotográfica, mas como o equipamento estava molhado, não funcionou!

O monstrengo, percebendo que a máquina poderia prejudicá-lo, arrancou-a das mãos de James e a atirou longe. Em seguida, agarrou o menino com suas peludas mãos e deu-lhe um safanão que o fez cair. James bateu a cabeça no tronco de uma árvore e ficou desacordado.

— James! James! – gritaram as irmãs, em pânico e chorando.

O fedorento pegou cada uma com aquelas mãos enormes e levou-as à boca. O Mapinguari já ia engoli-las de uma bocada só, quando Kawê gritou com ele. O monstro estacou, impressionado! Eis que Kawê falara na própria língua do bicho! Era uma língua há muito tempo esquecida e que só o Mapinguari compreendia.

— Onde você aprendeu a falar a língua de meus ancestrais?! – perguntou o monstro, assustado.

— Eu sei falar todas as línguas de seres e lugares perto de mim! Tenho um *muirakitã* que me dá este dom – disse, mostrando o amuleto.

— Ah, é? E que me importa?! – replicou o bicho, com desdém, ainda segurando Jane e Sarah.

Então, voltando a salivar, abriu e fechou seguidamente os beiços gulosos e escancarou a horrível bocarra para devorá-las.

— Espere! Espere! Você não gostaria de trocar essas meninas por este precioso e raro amuleto?!

— Hããã?!... Para que este amuleto?! Que utilidade ele teria para mim?

— Você vai poder conversar em qualquer língua: na dos homens e na dos bichos!

— Tolo! Eu não preciso conversar com minha comida! Essa pedra de nada servirá para mim! – disse a fétida criatura, quase a enfiar as meninas na enorme boca, esticada de maneira fenomenal.

— Não! Pare!... Só agora me lembrei de que, se você as comer, irá morrer na hora! Não sabe que carne de branco é altamente venenosa?! – tentou novamente Kawê.

— Hããã?!... Tem certeza? Não está querendo me enganar? Olhe lá, hein? – vacilou o bicho, retirando as vítimas de perto da bocarra.

— É verdade! Eu tinha me esquecido! Olhe para elas: que cara de doentes!

— Sei lá?!... Nunca comi carne branca. Quero provar. E estas criaturinhas, ao contrário do que você diz, me parecem bem saudáveis... Vão me fazer muito bem!...

— Sabe o que mais? Veja como choram. São covardes! Se você as comer e, acaso não morrer, vai se tornar um fracote! Um medroso! Então, em vez de comê-las, coma a mim, que sou valente!

— Não. Estou enjoado de carne de índio...

— Mas eu sou carne de primeira! Venho de uma longa linhagem de guerreiros destemidos! Devore a mim, em vez delas!

— Você não vai oferecer resistência?

— Claro que não! Isto é, se você deixá-las livres...

— Está bem! – respondeu o monstro, largando as meninas no chão.

— Corram! Corram o mais que puderem! – disse Kawê a Jane e Sarah.

Elas o atenderam e carregaram James, ainda inconsciente, a quatro mãos. Estavam confusas, já que não entendiam o que Kawê falava com o medonho monstro.

Kawê planejava enganar o monstro. Só não sabia como. Ao vê-lo se aproximar tentou correr, mas escorregou na lama, estatelando-se no chão.

O Mapinguari já estendia os braços para apanhar o menino, quando as águas da beira do rio começaram a brilhar intensamente. A luminosidade foi tamanha, que ofuscou a visão do monstro. Das águas reluzentes, emergiu uma gigantesca cobra cujas escamas cintilavam como fogo. Era *Mbóy-Tatá* – a cobra-de-fogo.

O Mapinguari deu um rosnado medonho:

— Huooouuu!... – mostrando que não se intimidava com a enorme serpente cintilante. Tentou agarrá-la com as mãos fortes, mas se queimou, soltando, enfurecido, um berro de dor. A cobra escancarou a boca gigantesca e emitiu um longo e aterrador silvo:

— Ssssssiiiiii!...

Depois, dando um bote certeiro, engoliu o monstro de mais de dois metros de uma só vez! Engoliu seco. Franziu as narinas, por causa do mau cheiro que sentiu goela afora.

– Mapinguaris são muito indigestos! Arre! – queixou-se a Boitatá.

– Não vai me comer também? – perguntou timidamente Kawê.

– Claro que não, eu vim para salvar você! Eu sou Boitatá! – respondeu.

– Boitatá, a enorme cobra flamejante que vive na água e nos campos!

– Sim. Já ouviu falar de mim?! – perguntou a serpente.

– Sim, o Pajé sempre conta histórias a seu respeito, dos poderes incríveis que você tem! Mas por que me salvou?

– Estava passando pelo igapó e ouvi você oferecer sua vida em troca da liberdade de seus amigos! Achei que esse gesto deveria ser recompensado! Quem são as crianças brancas que mereceram tamanho sacrifício? – questionou a serpente, encantada, levantando o garoto com a cauda e colocando-o de pé com gentileza.

Kawê contou toda a história para Boitatá, que o ouvia atentamente. Ele narrou tudo o que acontecera, desde a queda do balão prateado até o recente ataque do Mapinguari, entre outras tantas dificuldades que passaram no decorrer da viagem. A cobra adorava ouvir as histórias que os índios contavam.

Não muito distante dali, Jane e Sarah tentavam reanimar James, deitado no chão lamacento e ainda inconsciente.

– James! James! – chamava-o Sarah, sem obter resposta do menino.

– James! James! – tentou Jane, dando-lhe uns tampinhas no rosto.

– Hummm!... – gemeu o garoto, que tinha um enorme e arroxeado calombo na testa, além de um galo na cabeça.

– Ele está vivo! Vivo! – comemorou Sarah, aliviada.

– Onde... está... o monstro?!...

– Ainda não sabemos, James. Kawê estava com ele. Ele é esperto! Vai conseguir fugir. Agora devemos nos preocupar com você. Não me parece bem.

– Temos que encontrar um lugar mais seco. Já vai anoitecer – preocupou-se Sarah.

Ela e Jane apoiaram o irmão nos ombros e saíram pela floresta, em busca de um lugar onde a terra fosse mais firme e menos lamacenta.

Naquele trecho, as árvores se sustentavam sobre um emaranhado de raízes-escora, em lama escura. O barro chegava à altura dos joelhos. E, por carregarem James, a locomoção era ainda mais penosa. Por fim, a noite caiu e as meninas ainda levavam James pelo lamaçal.

– Estamos no escuro, na lama e sendo atacadas por insetos! O que mais falta acontecer?! – reclamou Jane.

– Veja, Jane! O que é aquilo? – perguntou Sarah, apontando para um ponto luminoso que se movimentava entre as árvores, ao longe.

– Não sei... Parece até o farol de um carro, uma lanterna – respondeu Jane, observando a luz, que parecia se aproximar.

– Será que finalmente chegamos a um lugar habitado? – presumiu Sarah, com o coração cheio de esperança.

– Espere!... Mas que coisa esquisita! É ondulante... Parece uma cobra...

– Outra fera! Ah, não! – gritou Sarah, em pânico total.

– Temos que nos esconder! Vai chegar aqui em segundos!

Apavoradas, as irmãs largaram James e cada uma correu para um lado – foi um salve-se quem puder! A cobra de fogo se aproximava, e as meninas começaram a gritar.

– Esperem! Não corram! Sou eu! – gritou Kawê, que vinha sentado na cabeça da enorme serpente de fogo, que não o queimava.

– Kawê?! – assombraram-se as duas.

– Sim, sou eu! Não fujam! A cobra é nossa amiga! – exclamou o menino, acariciando-a.

As garotas ficaram desconfiadas e embasbacadas. Mas esperaram o animal se aproximar. A imensa cobra luminescente aproximou-se com cautela, a fim de não amedrontar as crianças, e abaixou a cabeça devagar, para que Kawê descesse ao chão.

– Não precisam ter medo! Esta é Boitatá, nossa amiga.

– Uma cobra... – admirou-se Jane.

– De fogo! – completou a outra.

– E James, como está?

– Oh! – exclamaram as duas, que só nesse instante se recordaram do irmão, largado na lama!

Foram todos acudir o menino, tirando-lhe o barro do rosto para que pudesse respirar. James continuava desmaiado. Kawê viu o grande arroxeado na testa do amigo, além do galo na cabeça.

– Acho que a pancada foi muito forte, Kawê – disse Jane, muito preocupada com o irmão.

– Será que ele não vai reagir? – perguntou Sarah, aflita.

– Posso ajudar? – ofereceu-se gentilmente a cobra. Jane olhou para Kawê, esperando uma opinião. Ele fez um sinal para a menina, tranquilizando-a, dizendo que podia confiar na cobra. Jane então consentiu que ela agisse.

Boitatá começou a cintilar intensamente. Com muito cuidado, a cobra pousou a ponta de sua cauda brilhante nos ferimentos de James. A luz parecia fluir através dos hematomas, que, aos poucos, foram diminuindo, diminuindo, até não restar mais nada. A pele retornou ao estado normal, e o galo na cabeça desapareceu. Parecia que James nem tinha se machucado.

– Oh!... – exclamaram as meninas, pasmadas. Em seguida, James abriu os olhos lentamente e, vislumbrando a cobra gigante, deu um grande grito de susto:

– Aaaaaah!...

As irmãs apressaram-se em acalmá-lo, explicando a situação: era uma cobra amiga, que acabara de curá-lo dos graves ferimentos.

Boitatá é um ser extraordinário: seu corpo de fogo queima apenas o que ela deseja. No início, os trigêmeos permaneceram desconfiados com a presença da cobra gigante. Mas o animal mágico, que conseguia falar a língua deles, conversava tão gentilmente, que a má impressão inicial se desfez.

Em pouco tempo, todos se viram montados nela, serpenteando pela floresta em de busca de abrigo para dormir e também à procura do barco. Sarah estava preocupada com Quick Sloth, será que ainda estava na canoa?

Felizmente, a gentil cobra, com sua brilhante luz, ajudou-os a encontrar os outros "companheiros" de viagem: o barco e a preguiça – com vida!!!

– Quick! Quick! – comemorou Sarah, abraçando a preguiça, que dormia um sono profundo. Nem se mexia...

Também encontraram uma clareira para passar a noite. A cobra se enrolou, formando um colchão gigantesco, sobre o qual as crianças dormiram.

– Boa noite para todos! – disse Jane, esfregando os olhos e bocejando.

– Boa noite! – responderam todos a uma só voz.

– Boitatá, eu sei que você é uma cobra-de-fogo. Mas será que não dá para apagar a luz? Não consigo dormir em claro – pediu Kawê.

– Oh, sim! Desculpem! Às vezes, esqueço que estou acesa...

CAPÍTULO 10

Na manhã seguinte os meninos acordaram e desceram do dorso da serpente. Como sempre, Kawê foi em busca de comida. A imensa cobra lhe sugeriu que trouxesse içás, vistas por ali, durante a noite. Os trigêmeos gostaram da ideia, pois a palavra "içá" sugeriu que se tratava de alguma fruta, saborosa e suculenta.

Kawê retornou logo, trazendo consigo, dentro do cesto improvisado de folhas, um montão de bolinhas de cor vermelha. Quando mordidas, exalavam um cheirinho agradável de limão.

– Mas que frutinhas gostosas! – exclamou Jane, lambendo os beiços. Ela já havia comido, pelo menos, umas dez bolinhas vermelhas.

– Mas isso não é fruta! – replicou Kawê, jogando uma bolinha boca adentro.

– O que é isto, então? – perguntaram ao mesmo tempo Jane e Sarah.

– Bunda de tanajura! – respondeu com naturalidade Kawê. – Para vocês sentirem menos nojo, achei melhor arrancar o restante do corpo.

– Boitatá não vai comer? – perguntou Kawê, oferecendo-lhe um punhado.

– Não, obrigada! O Mapinguari que comi ontem ainda me pesa na barriga – explicou a cobra, esfregando a ponta da cauda na região de seu estômago.

– Hoje teremos que fazer outro barco. Vocês viram como ele está estragado? Não estaremos mais seguros em viajar nele – disse Kawê.

– Não precisarão de barco! Terei muito prazer em levar vocês até à "casa na árvore" – prontificou-se a cobra.

– Obrigado, Boitatá. Vamos aceitar a carona! – agradeceram Kawê e as crianças.

– É um prazer poder ajudá-los! – respondeu a serpente.

Os quatro heróis alojaram-se no lombo da cobra, que deslizava rapidamente sobre as águas do grande rio Negro. Boitatá era muito veloz! As águas escuras e as árvores da paisagem passavam velozes ao lado deles.

– Se continuar rápido assim, logo vocês estarão em casa! – disse Kawê.

– Vejam! Golfinhos! – exclamou Jane, admirada.

– Estes são botos – afirmou Kawê.

– Os botos são parentes próximos dos golfinhos que evoluíram, há milhões de anos, para viver nas águas doces dos rios amazônicos. Li isto em algum lugar... – tentou recordar Sarah.

Navegaram horas e horas. Já à noite, Boitatá avisou-os de que iria parar na margem do rio, para poderem dormir.

No dia seguinte, após a refeição matinal de peixes e frutas, estavam prontos para prosseguir a viagem. Antes de embarcarem, Boitatá, notando o cansaço e a desesperança das crianças, propôs:

– Que tal se seguíssemos a viagem debaixo d'água? Notei que vocês já estão entediados com a paisagem aqui da superfície.

– Nós não podemos viajar sob as águas, Boitatá, senão nos afogamos – contestou Sarah.

– Eu sei que humanos não respiram debaixo da água, querida. Mas confie em mim. Tenho como ajudá-los nisso. Só não poderei levar o papagaio e a preguiça. Vocês devem soltá-los. Aliás, pretendiam separá--los de seu lar, onde nasceram e estão acostumados? Acham que viveriam bem cativos na cidade? – disse o ser encantado, que também zelava pelos animais da floresta.

A princípio, a proposta da cobra era tentadora e irrecusável. Todavia, Jane e Sarah relutaram em abandonar na mata os xerimbabos. Só que não podiam deixar de dar razão aos argumentos da sábia e generosa Boitatá.

Assim, as próprias meninas levaram Chatty e Quick Sloth para uma árvore próxima, em cujos galhos foram deixados.

– Subam nas minhas costas, que já vamos partir! – disse a cobra, mergulhando rio adentro de uma vez.

As crianças levaram um grande susto com a súbita imersão. Agarraram-se firme no lombo da cobra, prendendo a respiração, sem notarem que, logo abaixo das orelhas de cada um, nascia um par de guelras! Boitatá, notando que as crianças começavam a arroxear-se por prender a respiração, explicou:

– Podem respirar normalmente!

– É verdade! Respirem! – falou Kawê, entre bolhas que saíam de sua boca.

Os outros seguiram seu conselho e começaram a respirar normalmente. Era como se estivessem fora da água. Apenas os movimentos ficaram lentos e o som da voz, diferente, como se falassem vagarosamente.

– Bem-vindos ao Reino das Águas! – exclamou, com entusiasmo, a serpente.

A água era muito límpida, mas de um tom dourado, o que lhes dava a impressão de estarem imersos numa imensa xícara de chá.

Lá embaixo, um novo universo: milhares de peixes, de diversos tamanhos, cores e formatos. Viram um peixe-macaco, de corpo marrom, alongado e robusto, que pula fora da água até a um metro de altura para comer insetos nos galhos das árvores ribeirinhas. Viram também um cardume de peixes-néon, cujas escamas mudam de cor conforme a incidência da luz. Peixes coloridos ovais, triangulares, quadrados, de todas as formas que se possam imaginar; peixes que pela primeira vez foram vistos por olhos humanos, que nem sequer foram descobertos. Passaram por um cardume de pirarucus, ditos "bacalhaus brasileiros". Mas o que deixou todos com medo foi um enorme cardume de piranhas que cruzou o caminho. Tinham uma boca feita de duas fileiras articuladas de dentes cortantes, nada amistosos. Eram centenas de piranhas. Tinham o dorso ovalado e a barriga amarela.

– Peixe carnívoro e voraz! Um cardume de piranhas é capaz de comer um homem em minutos, principalmente se o humano estiver ferido e esvaindo sangue! Elas sentem o cheiro de longe! Cada um dos peixes, de 20 centímetros, ataca e come um pedacinho, fazendo um ruído semelhante ao de um enxame de abelhas furiosas, até não sobrar mais que os ossos! – explicava a cobra. – Mas não pensem que estes gulosos peixinhos são invencíveis! É por causa dessa gulodice que são mortos! Imaginem que os jacarés mordem a ponta do próprio rabo a fim de atraí--las com o sangue e, depois, come-as por inteiro abrindo sua enorme boca! Agora, com vocês, o sapo-pipa. E tivemos sorte: chegamos bem na hora do nascimento dos sapinhos – anunciou a cobra. – O sapo-pipa é um batráquio de forma losangular, com o corpo bem achatado. Come pequenos peixes, fazendo um movimento de sucção.

– Os sapinhos não nascem de ovinhos? – perguntou Sarah.

– Sim, mas com os sapos-pipa é diferente: a mãe coloca os ovos nas costas do pai! Os ovinhos se prendem na carne dele e, depois de algum tempo, vejam vocês mesmos – disse a cobra, indicando com a ponta da cauda dezenas de sapinhos que nasciam arrebentando a pele das costas do anfíbio pai. Os sapinhos que nasciam eram a cópia em miniatura do pai, não passando pelo estágio de girino.

– Vejam que peixe grande! – admirou-se Kawê, apontando para um enorme peixe de mais de dois metros de comprimento, com cauda em forma de remo, arredondada e larga.

– É um peixe-boi – explicou a serpente luminosa.

– Realmente, merece este nome, pois é do tamanho de um boi mesmo! – disse James, observando o belo animal.

– E é mamífero, como os bois – continuou Boitatá.

Continuaram o interessante passeio pelo fundo do rio, vendo os mais extraordinários e fantásticos seres aquáticos. Após várias horas de viagem submersa, a serpente emergiu com os garotos. No seco, as guelras que lhes nasceram sumiram, como num passe de mágica.

Na margem do rio em que "desembarcaram", lugar igualmente deserto, primeiro alimentaram-se e depois dormiram.

Na manhã seguinte, partiram de novo. Viajaram mais algumas horas, até que, por volta do meio-dia, Boitatá parou.

– Boitatá, por que parou de repente? – perguntou James.

– Porque chegamos! – respondeu Kawê, apontando para uma casa à altura de 40 metros, construída no alto de uma árvore gigantesca!

Mais ao lado, preso a um rústico píer de madeira, repousava um hidroavião.

– Olhem lá! A *oka opé ibira* que lhes revelei! Olhem lá! – exclamava, eufórico e triunfante, Kawê.

– A "casa na árvore"! – também gritava Jane, parecendo que ia explodir, de tanta felicidade.

Comemoraram, abraçando-se entre lágrimas de alegria. A cobra encantada os levou até o píer. Envolveu cada um dos garotos com a ponta da cauda.

– Boitatá, você não vem? – perguntou Sarah.

– Não posso.

– Então, não devemos contar a ninguém que conhecemos você? – perguntou Sarah preocupada.

– Oh, não precisam se preocupar com isso! Ninguém vai acreditar em vocês mesmo! Além disso, vão insistir tanto em dizer que eu não existo, que vocês mesmos vão passar a duvidar que realmente me conheceram... É o preço que se paga por ser uma lenda, um mito. Mas, mesmo se vocês se esquecerem de mim, quero que saibam: jamais me esquecerei de vocês!

Todos deram as mãos e abraçaram a cobra. Com lágrimas nos olhos, a serpente amiga resplandeceu em chamas e submergiu nas águas do rio Negro.

Quando não mais podiam ver a claridade da Boitatá, as crianças correram para a "casa na árvore", em busca de alguém que pudesse levá--los de volta à Inglaterra.

CAPÍTULO 11

Correram no píer; o deque de madeira seguia dentro da penumbra da mata por vários metros. O caminho levava até o grosso tronco de uma árvore colossal – seriam necessários, pelo menos, uns dez homens de braços estendidos para abarcá-lo. Uma estreita escada de madeira circundava-o, levando até a cabana, no topo da majestosa árvore. Subiram a escadaria. Os degraus os guiavam num interessante passeio. Finalmente chegaram à altura da copa das árvores. Ali, uma explosão de vida! Borboletas de cor azul-metálico, bromélias, orquídeas, pássaros exóticos, macacos, micos.

A escadaria terminava na porta de uma casa de madeira. A construção era muito bem feita e tudo estava limpo, o que indicava a presença de pessoas. As portas e as janelas eram seladas com uma fina tela verde, para evitar a entrada de insetos.

– Enfim, chegamos! – exultou James, ofegante.

– Alguém está aí? – gritou Jane.

– Oi! – bradou Sarah, abrindo a porta de tela verde.

– Parece vazio!.... – exclamou Kawê.

Sem resposta aos chamados, decidiram entrar. No interior, a casa parecia um laboratório. Vários frascos, tubos de ensaio, copos de Becker, entre vários outros apetrechos. Plantas cresciam dentro de uma estufa com iluminação especial. Vários tipos de insetos catalogados, como borboletas, besouros, mosquitos, abelhas, marimbondos, vespas. Havia também diversas espécies de rãs e cobras conservadas em vidros com formol.

– Vejam! Latas de cerveja! – anunciou James, notando dois recipientes sobre a mesa.

– Sinal de que alguém está aqui. Talvez duas pessoas – deduziu Jane.

– Devem estar por perto: a cerveja ainda está fria! – acrescentou o irmão, pegando uma latinha nas mãos.

– Que estranho! – disse Kawê, cheirando as coisas dentro do lugar. Nunca havia visto vidro e latinhas de cerveja; estava maravilhado com os recipientes.

– Vocês ouviram? – perguntou Sarah, erguendo as sobrancelhas.

– Não. O quê? – indagou James.

– Eu ouvi – disse Jane, olhando ao redor. – Parecia um gemido abafado. Acho que veio dessa direção – continuou ela, dirigindo-se para um armário nos fundos.

Foi até o armário e pediu silêncio, colando a orelha à porta.

– Com certeza há alguma coisa aqui dentro... – falou com semblante de seriedade.

– Vamos abrir logo!

– Não, James! Esperem! E se aí estiver algum bicho peçonhento? – pediu prudência a temerosa Sarah.

– Vamos abrir logo essa porta! – disse James.

De lá de dentro rolou um homem, já de certa idade e calvo, todo amarrado em cordas. Tinha uma bola de papel enfiada na boca.

– Hum! Hum! Hum! – resmungou ele.

– O senhor está bem? – perguntou James, retirando a bola de papel da boca do homem.

– Sim, estou! Por favor, me desamarrem rápido! – pediu ele, aflito. – Obrigado! Muito obrigado! Mas o que três crianças brancas e um índio estão fazendo por aqui? – perguntou o homem, enquanto James o desamarrava.

– Nosso balão caiu na floresta e...

– Ah! E, pelo jeito de falar, são ingleses, não são? – disse, ainda se desvencilhando das cordas e interrompendo a explicação de Jane.

– Sim, senhor – respondeu James.

– E, pelo seu inglês, o senhor deve ser... – ia dizendo Sarah, mas foi interrompida pelo homem, que respondeu rápido.

– Brasileiro! Professor André da Fonseca – respondeu, batendo as mãos na roupa, para remover a poeira do jaleco branco.

– O senhor vive aqui sozinho ou tem companheiros? – perguntou James.

– Tenho um casal de auxiliares... Ainda ontem tive de levar a mulher a Manaus, com urgência, de hidroavião, para submeter-se a uma cirurgia. Ela caiu da árvore e teve fratura exposta. O esposo dela ficou lá, para prestar-lhe assistência.

– E o que fazia o senhor, preso dentro do armário? – perguntou Jane, curiosa.

– Foram os biopiratas! – esclareceu o professor, mexendo num rádio e fazendo chamada:

– Base Florestal para Laboratório Central! Câmbio! Câmbio! – falava o cientista, sem obter resposta, ouvindo apenas um chiado. – Droga! Danificaram o rádio também!

– O que são biopiratas? – perguntou Jane.

– São ladrões especializados em furtar obras científicas. Invadem florestas, sem ter autorização do governo brasileiro, e roubam espécimes animais e vegetais, para elaborar novas fórmulas ou drogas e vender a certas indústrias farmacêuticas!

– Isso não seria bom? Afinal, novos medicamentos podem ser descobertos, curando doenças graves... – sugeriu Jane.

– Sim. É esta a finalidade deste laboratório de pesquisas, mantido pelo governo aqui na selva. Aqui, na floresta, podem estar a cura para o câncer e a aids. Se descobertas por nós, serão fabricadas e vendidas a preços acessíveis. Contudo, se uma dessas substâncias cair em mãos erradas, gananciosas, poderão ser patenteadas e vendidas a peso de ouro! E os países mais pobres, que mais necessitam dos remédios, como no caso da aids, não terão como pagar! Não podemos permitir isso! Agora, por exemplo, roubaram do laboratório uma substância elaborada com a finalidade de eliminar os mais graves distúrbios cardíacos! Além disso, os biopiratas levam da floresta milhares de animais silvestres todos os anos, para serem vendidos no exterior. Determinada espécie de cobra amazônica pode custar até cinco mil dólares no mercado negro. É um negócio que movimenta milhões, à custa da vida de muitos animais, que morrem durante o transporte ou não resistem ao cativeiro.

– Mas que coisa terrível! Eles podem querer me levar também? – disse Kawê, atemorizado com a ideia.

– Um índio falando inglês?! Como foi que aprendeu? – admirou-se o cientista, ainda tentando fazer o rádio funcionar dando-lhe leves pancadas.

– Foi com este *Muirakitã*. – respondeu Kawê, mostrando-lhe a pedra em forma de pássaro.

– Ah, sim! Claro! Um amuleto... Os índios têm muita facilidade de aprender outros idiomas – disse baixinho e piscando para os trigêmeos.

– Viemos até aqui pedir ajuda para voltar para casa, pois nós caímos de um balão, há vários dias – disse Sarah.

– O senhor poderia, por favor, nos levar até o Consulado Britânico mais próximo – pediu Jane?

– Eu até poderia levá-los imediatamente, mas, com o rádio quebrado, não dá.

– Mas... e o hidroavião lá embaixo? – perguntou James.

– Bem, não encontrei as chaves... Receio que os bandidos tenham fugido com elas para partir no hidroavião. Saíram não faz muito tempo...

– E agora? – perguntou Jane, preocupada.

– Com o rádio quebrado e sem as chaves do avião, daqui uns três meses virá outro avião para fazer a troca de pesquisadores. Vocês poderão ir nele até Manaus, onde existe o Consulado...

– Não é melhor tentar encontrar os biopiratas? Eles são dois, nós somos cinco – sugeriu Kawê.

CAPÍTULO 12

Desceram a escada com cautela. Vendo a cara de poucos amigos dos bandidos, as crianças e o professor se esconderam entre os arbustos. Os dois homens, traficantes de animais, estavam armados com fuzis e vestiam roupas pretas. No píer, viam-se empilhadas dezenas de gaiolas com vários animais silvestres. Os homens se preparavam para partir no hidroavião.

– Com este bimotor da Aeronáutica sairemos fácil, fácil do país – disse um deles.

– No avião, colocamos as cargas mais preciosas: as serpentes, as aranhas e os pássaros. No barco colocamos, as plantas – comentou o outro.

– Não podemos deixar que levem o hidroavião! – disse Sarah.

– Tudo bem! Esperamos até agora. Não importa que leve mais um pouco de tempo para chegarmos em casa – ponderou James.

– Tudo bem, uma ova! – disse ela rispidamente.

– Sarah, eu não estou reconhecendo você! – discordou Jane.

– Então alguém tem ideia de como vamos fazer para surpreendê-los? – perguntou Sarah.

– Vou buscar as outras gaiolas que estão ali na mata – disse o bandido mais alto.

– Ande logo. Enquanto isso, vou terminar de ajeitar essas plantas aqui no barco – disse o outro biopirata.

– É a nossa chance! – exclamou Jane.

– Podíamos aproveitar para entrar no avião e fugir! – disse James.

– Então, vamos já, enquanto o outro está dentro do barco! – disse o cientista.

– Kawê, você vem conosco? – perguntou Sarah.

– Oh, não! Meu lugar é na floresta. Boa Viagem!

A despedida foi rápida. Abraçaram-se os quatro, com os olhos marejados. Depois, os irmãos correram em direção ao hidroavião. O professor André pediu que as crianças entrassem na aeronave, enquanto ele desamarrava as cordas. Deixaram o aparelho deslizar na correnteza; só depois de tomarem uma distância segura, ligariam os motores. Assim, não chamariam a atenção dos bandidos. Já estavam a alguns metros da margem quando Jane ouviu alguém chamando seu nome.

– Jane! Jane!

– Vocês ouviram? Perece alguém me chamando.

– Eu não ouvi nada. Será que não dá para decolarmos logo, professor? – pediu Sarah, aflita.

– Não posso! Ainda estamos muito próximos. Os tiros de fuzil nos alcançariam – respondeu o professor, temendo que os bandidos alvejassem a aeronave.

– Jane! Jane! – tornou a clamar a voz.

– Estão me chamando sim! Eu ouvi nitidamente!

– Jane! Jane!

– Meu Deus! É o Chatty! Só pode estar preso numa das gaiolas! – inquietou-se Jane.

– Não podemos deixar Chatty à mercê desses biopiratas! Temos que resgatá-lo!

– Não, Jane! É muito arriscado! Aqueles caras não pensarão duas vezes e vão atirar em você! – argumentou James.

– Você está louca?! Agora que estamos tão próximos de ir para casa! – disse Sarah, cruzando os braços.

– Eu não vou abandonar o meu papagaio! Eu sou responsável por ele: fui eu quem o trouxe a esta viagem arriscada, tirando-o da segurança da aldeia. Eu vou até lá buscá-lo! Vocês vêm comigo ou não? – perguntou, decidida.

– Mas, por Deus! Afinal, quem é esse Chatty? – perguntou o professor André.

– É um papagaio! – responderam os três, nervosos.

– Um papagaio?! Santo Deus!... O que é isso?!... Tudo bem! Não precisam ficar irritados!

– Ninguém sai deste avião! – berrou Sarah, que, nem bem havia terminado a frase, via a irmã saltar do outro lado do aparelho, mergulhando nas águas negras e nadando em direção ao píer.

– Jane! Espere! – gritou James, pulando também na água e indo atrás da irmã.

– Droga! Droga! Droga! – esbravejava Sarah, mordendo o lábio inferior, de raiva, mas pulando na água em seguida, atrás dos irmãos.

– Ei! Aonde vocês vão?! – perguntou o cientista, sem saber o que fazer e permanecendo sozinho no aparelho. – "É melhor esperar para ver o que acontece" – pensou, observando as crianças saindo da água e subindo as escadas do píer, na beira do rio.

– Jane! Jane! – chamava o papagaio.

– Onde ele estará? – disse Jane, abrindo as gaiolas, apinhadas de pássaros de todos os tipos. – Vocês vão ficar aí parados feito estátuas?! Me ajudem a encontrá-lo! – disse a menina aos dois irmãos, que ainda arfavam de cansaço.

Abriram dezenas de gaiolas, desesperadamente. Sabiam que, a qualquer momento, poderiam ser pegos pelos biopiratas. Os pássaros saíam alegres das gaiolas, fazendo estardalhaço e voando para longe dali.

– Ai! Tomei uma bicada! – gemeu Sarah.

– Aqui está ele! – disse Jane, triunfante, abrindo a última gaiola.

Nesse momento chega um dos traficantes, trazendo outras gaiolas. E então:

– Ei! O que está acontecendo aqui?! – bradou, furioso. – Malditas crianças! Soltaram os meus pássaros! Vão pagar caro! – gritou o forte sujeito, cerrando os dentes, de raiva, e correndo na direção dos trigêmeos, que saíram em desabalada carreira para o rio.

O traficante de animais foi em busca dos três e começou a gritar para o outro, que estava dentro do barco:

– Imbecil! Saia já daí! Atire no avião! – disse, mergulhando no rio atrás das crianças.

Sarah, James e Jane nadavam o mais rápido que podiam, levando o papagaio consigo. O professor Fonseca os esperava, ansioso, dentro do hidroavião já ligado e pronto para dar partida.

– Mais rápido! Mais rápido! – insistia ele.

Contudo, nesse momento, um tiro de fuzil atravessou o pára-brisa do avião, deixando um buraco. Um biopirata atirava de um barco. Na água, o outro homem já alcançava as crianças. Vendo que o cerco se fechava, o professor André acelerou mais, deslizou e, lá adiante, puxou uma alavanca que fez o hidroavião decolar. Partiu, abandonando os trigêmeos e Chatty no rio.

– Ei! Espere! – esgoelava-se Sarah, desesperada.

– Professor! Por favor, não nos abandone! – implorou Jane.

– Arrah! – gritou o bandido-chefe, enlaçando-os pelo pescoço.

Chatty voou da cabeça de Jane e partiu para a floresta. O homem arrastou-os de volta ao píer. Quando lá chegou, atirou-os no chão de madeira e os olhou com ódio.

Da floresta, Kawê ouviu os tiros e voltou para ver o que acontecia. Escondido entre as plantas, avistou a dramática cena. Os bandidos amarraram os três com uma corda grossa. Percebendo sua impotência diante de inimigos tão fortes, Kawê tomou uma difícil decisão: "Não tenho outra opção a não ser chamá-lo". Pegou, então, um resistente pedaço de pau do chão da mata e procurou uma árvore bem grossa. Com o pedaço de madeira, deu três fortes batidas no tronco, fazendo um barulho parecido com o de um tambor, o qual retumbou pela floresta. "Tomara que venha logo!" – pensou.

– Então, chefe? O que faremos com eles? – indagou um dos ladrões de animais.

– Não sei. Vocês têm ideia do prejuízo que acabaram de nos dar?! Hein?! hein?! – gritou o homem, dando tapas na cabeça das crianças, que choramingavam de medo.

– Quem sabe, não poderíamos aproveitar alguma coisa delas? Assim, o prejuízo seria menor – sugeriu o outro.

– O quê? Se eles ainda fossem tatuados como aquele cara de quem arrancamos a pele na semana passada... Há quem pague bem por uma pele tatuada...

– Não, chefe! Não vê que temos aqui seis rins, seis córneas, três corações, sem falarmos nos fígados?

– Não sei... Quanto você calcula?

– Bem, uns quinhentos mil dólares...

– Órgãos são mais difíceis de vender do que passarinhos. A vigilância é maior.

– Nós damos um jeito nisso. Ora, chefe!

– Ótimo! Vamos levá-los ao Doutor Arranca-Tudo – disse o mandão, puxando as crianças pela corda, em direção ao barco.

– Socorro! Socorro! – gritava Sarah, enquanto Jane e James tentavam andar para o lado oposto, num verdadeiro cabo-de-guerra.

De nada adiantou. O homem, muito mais forte do que eles, conseguiu arrastá-los.

Da mata, Kawê observava tudo com aflição. Percebendo que os trigêmeos iam ser embarcados e que a ajuda que ele chamara não viria, saiu correndo da floresta, entoando seu grito de guerreiro. Então, de um pulo, saltou nas costas do homem mau, que puxava seus amigos pela corda.

– Ei! Um índio! – disse o pirata, soltando a corda e tentando se libertar de Kawê. Este havia grudado feito carrapato nas costas do malvado. – Ei! Me ajude aqui! É pequeno, mas é forte o danado! Não consigo tirá-lo! – disse pedindo ajuda ao outro.

O colega bem que tentou, mas foi atacado, de súbito, a bicadas pelo Chatty.

– Ai! Ai! Ai! – gritava um, levando bicadas do papagaio.

– Ai! Ai! Ai! – gemia o outro, com as dentadas que Kawê lhe dava.

Enquanto isso, Sarah, Jane e James tentavam se libertar da corda. Mas o nó de marinheiro que os prendia era forte e não cedia. Por fim, um dos bandidos conseguiu agarrar Kawê pelos cabelos, atirando-o ao chão. Depois, com muita agilidade, apanhou a arma e deu tiros para o alto, espantando o papagaio e paralisando os trigêmeos, sob a mira da arma. Irritado, o biopirata engatilhou a arma e...

– Oooooohhh! – gritou alguma coisa na mata.

– Mas o que foi isso? – perguntou o homem de arma na mão.

– Não sei... Veio do mato. Podem ser mais índios.

– Então, lá vai bala! – disse o chefe, atirando na direção da selva escura. Das matas surgiu, dando longos e estridentes gritos de fúria, um anão de cabelos vermelhos e dentes verdes. Vinha galopando um *tayaçu* – espécie de porco selvagem –, urrando e girando um bastão de madeira. As balas pareciam atravessar seu corpo, sem feri-lo.

– Ele veio! Ele veio! – exultou Kawê.

– Você o conhece? – perguntou Jane.

– Sim. Eu é que o evoquei, batendo três vezes no tronco de uma árvore.

– Quê?! – estranhou James.

– É o Curupira, um ser encantado da floresta e protetor dela – explicou Kawê.

– Como Boitatá? – interrompeu-o Sarah.

– É. Só que muito menos amistoso! Detesta todo mundo. Só gosta dos animais e das plantas, sendo o seu guardião. Até os índios, que só tiram da floresta o que necessitam, apanham dele. Mas o que ele odeia mesmo são caçadores!

– Deu para notar! Vejam! Está atacando os biopiratas a pauladas! – exclamou Jane, apontando para os homens que tentavam inutilmente se defender dos golpes.

– Melhor sairmos de fininho, antes que sobre para nós também! – disse Sarah.

– Vai ser difícil com a gente amarrada deste jeito! Desamarre-nos, Kawê! – pediu Jane.

– Não vai dar tempo! Temos que sair rápido daqui; se o Curupira pega a gente, não sobra ninguém para contar a história! – alertou ele.

Enquanto isso, os traficantes de animais apanhavam! Os homens tentavam fugir, mas o Curupira os puxava de volta, dando-lhes mais pauladas. Enquanto a surra corria solta, os trigêmeos e Kawê corriam para se esconder na mata. Quando se deu por satisfeito de bater nos bandidos, o Curupira os deixou fugir. Estes entraram às pressas no barco, ligaram o motor e zarparam a toda velocidade. O anão de cabelos ruivos desgrenhados saiu à procura das crianças que havia visto. Batia o pau na palma de mão, fazendo ameaça. Elas, por sua vez, permaneceram quietas, prendendo até a respiração, de medo.

O protetor da mata parou em frente ao local em que elas estavam. As crianças ficaram tensas, olhando, por entre as folhas, os feios pés virados do bicho. A criatura inspirou fundo, como se farejasse. Jane suava frio.

Então, montou no lombo de seu porco selvagem e disparou de volta para a floresta.

Todos respiraram aliviados. Depois de muita peleja, finalmente os trigêmeos conseguiram se livrar das cordas. Decepcionados com a volta frustrada para casa, sentaram-se tristes à beira do rio.

– Jane! Jane! – palrou Chatty.

Percebendo que estava tudo em segurança, o afeiçoado papagaio pousou novamente no ombro direito de Jane.

– Chatty! Que bom rever você! Obrigada por me defender tanto! – agradeceu Jane, fazendo-lhe cafuné.

– Essa não! Vejam! Os biopiratas estão voltando! – alarmou-se Sarah, ao ouvir o ronco do motor e avistar o barco ao longe. – Devem estar atrás de nós outra vez!

– Temos que fugir para o mato – aconselhou-os James.

– Esperem! – disse Kawê. – Há algo errado aí! – continuou ele, olhando para o leito do rio, que borbulhava.

De súbito, ergueu-se das águas a cobra flamejante, que, escancarando os gigantescos maxilares, engoliu o barco inteiro de uma só vez, com os biopiratas e tudo mais que havia em seu interior.

– Uau! – exclamou James, boquiaberto, sem poder acreditar no que via.

Os outros também olhavam, estáticos. E Boitatá, antes de submergir de volta ao rio, voltou-se para trás e abanou o rabo para os garotos, na margem do rio.

– Obrigada, Boitatá! – agradeceu-lhe Sarah, acenando com as mãos.

– Que barulho é esse? – perguntou Kawê.

– Vejam! Um helicóptero! – constatou James, olhando para o firmamento.

– E o hidroavião também! O professor André voltou com ajuda! – concluiu Sarah.

– Ah!... – suspirou Kawê, com tristeza. – É hora da despedida outra vez! – completou cabisbaixo.

– Obrigada, Kawê! – disse Sarah, dando-lhe um forte abraço, aos prantos.

– Nem sei como lhe agradecer, amigo! Se não fosse por você, por sua coragem, jamais iríamos retornar para casa! – disse Jane, de olhos marejados.

– Esperem. Por que tantas despedidas?! Kawê, pense bem, pode vir conosco. Nós não conhecíamos sua casa e fomos tão bem recebidos! Temos que retribuir a gentileza. Venha conosco passear em nossa floresta de pedra! – convidou James.

– É verdade, Kawê! Venha! Depois, arrumamos um jeito de trazer você de volta! – pediu Sarah, entusiasmada.

– Vamos nos divertir a valer!

– Com todas essas máquinas soltas por lá? Umas que atiram, outras que voam, outras que derrubam árvores mais rápido que um raio! Kawê já viu como é o modo de vida do homem branco, não me acostumaria...

– Kawê, por favor! – insistiu Sarah.

– Não, amigos! Sinto muito, mas não posso ir. Tenho que voltar para a taba... Mamãe deve estar preocupada, me esperando. Vocês não estão com saudades de casa, da mãe, do pai? Eu também – explicou Kawê, apontando para o coração.

– Tudo bem. Nós entendemos... – lamentou-se Sarah.

– Bem, acho melhor que Chatty fique com você: ele lhe fará companhia no caminho de volta – disse Jane, quase chorando.

– Obrigado, Jane! – agradeceu Kawê, com a voz embargada de vontade de chorar.

– A gente se vê! – falou James.

– Vocês sempre estarão dentro do meu coração! Estaremos juntos na amizade!... Agora, melhor Kawê ir... As máquinas estão chegando – disse ele, com certo medo do helicóptero que já aterrava.

Os quatro abraçaram-se. Não havia mais nenhuma palavra a dizer, pois nenhuma palavra, em qualquer idioma, comportaria o que eles sentiam no momento: a alegria de retornar ao lar e rever a família, mas também a profunda tristeza por deixar o amigo. Em silêncio, Kawê correu para a mata, desaparecendo nas sombras da floresta. Os trigêmeos foram para o helicóptero, que pousou no banco de areia, à margem do rio.

– Crianças, vocês estão bem? Onde estão os biopiratas?

– Desapareceram nas águas do rio... – responderam Jane e Sarah, abraçadas.

– Mas como vocês conseguiram se livrar deles? – perguntou o professor, que voltara com a ajuda de soldados do Exército brasileiro, que combatem a biopirataria na selva amazônica. – Para falar a verdade, há várias outras perguntas que ainda não fiz, devido à confusão. Afinal, como vieram parar aqui na floresta?! Três garotos ingleses?! Sei que o

balão em que estavam partiu da Inglaterra e caiu, mas por que resolveram fazer essa viagem?

— A viagem até Manaus é longa? – perguntou James.

— Um pouco.

— Que bom! Porque esta história é longa! – disse ele, rindo, ao entrar na aeronave. – E o senhor vai ter muito o que ouvir, talvez sem acreditar!...

Partiram na hora do crepúsculo, que tingia o céu com várias faixas douradas. Do alto, os trigêmeos contemplaram mais uma vez o grande rio Negro e a floresta verdejante. Uma revoada de guarás vermelhos os saudou. Era a Amazônia que se despedia de seus visitantes...

Tiago de Melo Andrade

Tenho vinte nove anos de idade e trinta e três dentes. Moro no interior das Gerais, numa casa azul, cheia de fantasmas e histórias de família. Aos cinco anos, tentei fugir com um circo, mas a polícia me impediu, felizmente. Demorei um ano para costurar esta história que ao final virou uma grande colcha de retalhos mostrando a floresta em seus aspectos **ambiental, social, cultural e econômico**. Quem quiser vir deitar no fofo dessa colcha de histórias não irá se arrepender! Mas há de estar preparado para muitas aventuras e emoções. O que mais mete medo, de balançar os joelhos, é **folclore indígena e caboclo** com seus monstros tenebrosos.

Além de *3x Amazônia*, também escrevi para a Editora DCL a coleção *Histórias Fantásticas*, onde o impossível não tem vez.

Rogério Coelho

Sou paulistano de nascimento e curitibano por opção. Já ilustrei 23 livros de literatura infanto-juvenil e quase 100 livros didáticos aqui no Brasil e também no exterior. Ilustrar *3 x Amazônia* trouxe para mim um grande aprendizado. Fiz uma pesquisa sobre a selva amazônica, índios e seres mitológicos; depois escolhi uma linguagem gráfica e, finalmente, cheguei neste resultado: as imagens foram desenhadas à lápis, finalizadas à nanquim e tratadas com um processo de inversão de cores no computador, recebendo tons de cinza.